大家族四男9
兎田士郎の
いたいけな全治一週間

contents

⁎*⁎ 大家族四男 9 ⁎*⁎

兎田士郎のいたいけな全治一週間

1

ドン！　という衝撃を受けたあとに来たのは、手足の二点から体中に走った痛みだった。

（しまった！）

これは、やってしまった――と、兎田士郎は思った。

しかし、それでもまだこのときは意識があり、痛みもそこまで激しいものだとは認識せず、骨折まではしていないだろうというのが自己判断だった。

「今、電話したから！　お父さんが来てくれるって!!」

ただ、大慌てで叫んだ友人・山田勝の言葉を聞いた瞬間、士郎は急に胸がバクバクしてきた。

（――え!?　消防署勤めのお父さんをってことは、救急車を呼んだってこと!?　こんな程度の怪我で、そんなことしたら申し訳ないよ！　怒られるよ！）

脳裏では〝やばい〟〝まずい〟ばかりが渦巻いた。

しかも、いったん思考がそっちへ行ってしまうと、怪我や痛みがどうこうよりも、今にもサイレンが聞こえてきそうで動悸が酷くなる。

心なしか血圧も上がっているんじゃないか？　と感じた矢先に、実際サイレンの音も聞こえてきた。

「あ！　来たよ。もう、安心だからな」

（――うわ！　もう駄目だ。ごめんなさい!!）

士郎がこのときなぜそう思ったのかを自己分析するのは、その後のことになる。

「わ！　士郎」

「しろちゃん！」

「士郎くんっ！」

「しっちゃ〜っ」

「オオーンっ!!」

なぜなら士郎の意識が、その場で途絶えた。

明らかに怪我とは別に起こった動揺から自分を追い込みすぎて、気を失ってしまったからだ。

それでも溺愛する兄弟たちの声は、最後まで認識していた。

そして、おそらくは十五分から二十分程度が経ったのちには、意識も回復してきた。

「滑り台から落下した幼児を両手で受け止めた勢いで、そのまま後方に倒れたそうです」

「後方に――。そしたら、先に頭部のCT（シーティー）を」

「はい」

瞼はまだ開いていない。

士郎は、微（かす）かに耳に入ってくる会話から、状況を理解していた。

救急車から救急処置室に運ばれて、そのまま検査室だ。

「こちらの患者さんをお願いします」

「はい」

技師と看護師のやり取りや、カルテが行き来したのだろう音も聞こえた。

そうして検査が終わって、再び救急の治療室に戻されたときには、瞼が開いた。

意識もはっきりと戻る。

「士郎くん、大丈夫？　意識はしっかりしている？」

訊ねてきたのは、救急車を呼んだ勝の母方の伯父で、外科の源（みなもと）医師だった。

士郎からすれば、手術になるはずもない軽傷で彼が出てきたのは、やはり身内の友人だったからだろうと思えた。

鮮明になった意識と同時に、再び申し訳なさに苛（さいな）まれる。

「あ……。はい。大丈夫です」

「これ、何本かわかる？　きちんと見えている？」

「三本です。視界もとてもクリアです」

「頭痛は？　身体で痛いところとかわかる？　言える？」

それでも両手が塞がれた状態で、後頭部から倒れた事実は、これほどまでに医師を慎重にする。

まさか「後頭部から肩甲骨の辺りまでは、氏神様が庇ってくれたので大丈夫です」とは言えないので、余計に困った。

ひょんなことから念を送って氏神と会話ができるようになった士郎だが、そんなことを言ったら別の科の精密検査を追加されてしまうだけだ。

――そうなの？　それはすごいね！

などと言ってくれるのは、間違いなく〝士郎なら、そんなことがあっても不思議じゃない〟くらいに思い込める、実はちょっとだけ心配な思考の家族だけだ。

「すみません。右手首と右足首が痛いんですけど、骨折まではしていないように思います。というか、大したことでもないのに、救急車が来てしまって――。それで驚いて、申し訳なくて、どうしようかと思っているうちに、気を失ったような記憶が……」

こうなったら、士郎自身が今理解していることをありのまま話すだけだ。

と同時に、どうしてあそこで意識まで失ってしまったのかという、自己分析もする。

「え？」

「お忙しいところ、本当にごめんなさい！」

ただただ謝るしかない事態に、士郎は横たわった姿勢で失礼かとは思ったが、誠心誠意謝罪をした。

――が、ここで、それを聞いていた看護師が吹き出した。

源は、むしろビックリして「いやいや。謝らなくていいから」と言って、慌てている。

「士郎くん。自分が怪我をしているときまで、そんなふうに気を遣わなくていいんだよ。大怪我じゃないなら、それに越したことはない。何よりじゃないか」

「先生」

「それに、こうした事故のときには一秒でも早く病院へってなるのは、みんな同じだ。むしろ、一刻も早く診て貰って安心したいのは、ご家族や周りの子たちだと思うしね」

「そうよ。先生の言うとおりよ」

看護師共々、ニッコリと笑ってくれた。

士郎は、誰一人今日のことを悪く思っている者はいない。ましてや、腹立たしく感じている大人もいないと知って、かなり安堵した。

確かに、これが他人の事故なら、自分だって真っ先に大人なり救急車を呼ぶ。

特に勝の場合、父親が救急隊員だったのだから、そうした発想になるのは自然なことだ。

「――あ、はい。確かにそうですね。ありがとうございます」

士郎は、安堵しつつも、源や看護師たちに笑顔で感謝を伝えた。

また、自己分析するなら、自分が過度に他人に迷惑をかけることに怯えている。

失敗で怒られたり、嫌われたりすることに対して、自分が思っていた以上に過敏だ。

それが日頃の慎重さにも繋がっている。決して悪いことではないだろうが、行きすぎるとこういうことになる。

あとは、気持ちのどこかで、世の大半の大人たちは「こんな程度で大騒ぎをして迷惑な」と怒る、面倒がる生き物だと思っている。

そんなの人によるだろう――と今ならわかるが。あの瞬間は、誰も彼もがそうだろうくらいの盲信（もうしん）で、やばい、まずいと混乱した。

しかも、怒る、面倒がる大人の中に、友人の身内まで含めてしまった。

救急車が気軽に呼んでいいものではないという認識も強すぎたが、これは失礼極（きわ）まりなかったと、士郎は内心猛省してしまう。

（……せめて、身近にいる大人くらいは信じよう）

疑っていたわけではないが、丸ごと信じていたわけでもないことも確かだった。

これが自分の中で色濃く浮き彫りになったことが、士郎にとっては負った怪我より何より、痛いな――と感じた事実だった。

＊＊＊

夏休みとはいえ、大人たちは変わらぬ日々を送る平日、火曜の朝。

この日、地元では「希望ヶ丘のキラキラ大家族」と呼ばれて親しまれている兎田家では、いつもと何かが違った。

「士郎。起きて、士郎」

（……ん？）

若くて美男な父親・颯太郎を基準に、「グリンピース父子」やら「幼児から中年までのグラデーション父子」などとも囁かれている瓜八つな子供たち。

その七人兄弟の長男で二十歳の社会人・寧が、四男で小学四年生の士郎を名指しで起こしてきたのだ。

それも小声で、薄掛けの上からそ～っと肩に触れて。

こんなところは、昨年の春に事故で他界した母親・蘭をふっと思い起こさせる。

容姿だけなら兄弟で一番父親似の寧だが、こうした仕草は母親ともよく似ていた。

（――？）

それでも相手は寧だ。

そう気がついた瞬間、士郎の頭を微かな不安がよぎった。

寝坊で起こされたならまだいいが、それ以外の何か、緊急事態だろうか？　と。

「おはよう、寧兄さん。どうかしたの？」

しかし、枕元に置いた目覚まし時計が鳴った覚えが、士郎にはなかった。

チラリと見れば、七時前。

しかも、仕掛けたアラームが先に止められていたため、余計に緊張感が高まる。

「おはよう。早くから起こして、ごめんね。今のうちに手伝えることはしておこうかなと思って」

「手伝い？」

寧はいつになく、申し訳なさそうに話を続けてきた。

どうやら緊急事態ではなさそうだ。

――では、なんだろうか？

疑問ばかりでピンとこない。

何に対しても敏感かつ直感の鋭い士郎にしては、珍しいことだ。

「ほら、着替えとか、いろいろ。日中は充功(みつぐ)に任せきりになるだろうし、せめてそれ以外をと思って」

ここで寧が、過保護丸出しで微笑を浮かべた。

　ようやく士郎は理解した。

　昨日、公園の滑り台から落下した顔見知りの園児を受け止めた拍子に、自分が転倒して右手首と右足首の両方を捻挫(ねんざ)したのだ。

　診断結果は全治一週間程度の軽傷だが、ちょっとした騒ぎになったのに間違いはない。

　ましてや、利き手利き足を同時に——となると、思った以上に不自由だ。

　それは士郎自身も感じていたので、傍目からだともっとしんどそうに見えたのだろう。

　普段、体育の授業や運動に関わること以外はテキパキとこなしている士郎だけに、尚のこと。

「あ、そうか。ありがとう、寧兄さん」

　それにしても、まさか自分のことで起こされたとは考えなかった士郎は、寧の気遣いを知ると照れくさそうに笑い返した。

　日頃から自分は後回しになっているのがわかる。

　だが、こうしたところは、かなり兄弟共通だ。

　寧もそれを理解しているのだろう。一瞬驚きから両目を大きく開いた士郎を見て、やっぱりね——と、今一度微笑む。

「そうしたら、まずはトイレ？　洗顔が先？　あ、一人で起きられる？」

　——大丈夫。

そう言う間もなく、士郎は寧の両手に支えられて、布団から身体を起こした。

（そこまで重傷じゃないんだけど……）

右手を三角巾で吊ってもらうと、あれよあれよという間に背後からギュッ！

ハグから縦抱きをされるまま、布団からも立ち上がる。

これだけでもかなり恥ずかしかったが、寧はついでとばかりに、士郎が弟たちと寝ていた子供部屋から出て、階段横のトイレまで運んでいった。

こんなことでもなければ、四年生にもなった士郎を抱っこすることもないだけに、弟溺愛のブラコン総本山のような寧は、超が付くほどご機嫌だ。

士郎にもそれが伝わってくるので、ここは黙って従う。

（まあ、人生最後かもしれないし）

そもそも御年十歳で最後と考えてしまうのが、浅はか、もとい士郎らしからぬ甘さだ。

自分なら弟たちがいくつになっても、ハグや抱っこをするだろうに、そういうことが今朝に限って抜け落ちている。

それほど寧からの抱っこに嬉し恥ずかしで、舞い上がってしまったのだろう。

とはいえ、トイレの前で下ろされ、扉を開かれ、パジャマのズボンに手がかけられるとさすがにハッとした。

「あ、自分でできるから！」

言うと同時に左手でズボンを押さえて、不自由な右足を引きずりつつも、トイレの中へ入って行く。

「——そう。そうしたら、上手くできなかったら声をかけて。間違っても、無理に右手を動かさないようにしてね」

たとえ親兄弟であっても、恥ずかしいものは恥ずかしい。

寧は、そんな士郎の羞恥心をすぐに理解し、手を引いてくれた。

「はい」

士郎もにこやかに返事をしてから、扉を閉める。

(気を遣ってもらえるのは嬉しいけど、落ち着かないもんだな)

すべてが左手作業になるためか、自然に「よいしょ」「よいしょ」と口走る。

一通り用がたせたあとには、「はぁ」と溜め息まで漏れてしまい、士郎はそれが自身のしんどさを増しているようにも思えた。

(——あ、こういうのも〝気は心〟とか〝病は気から〟っていうのかな？　でも、自然に出てくる言葉や溜め息をいちいち気にかけていたら、余計にストレスを感じそうだし。我慢は蓄積するとキラーストレス化するって考えたら、これはこれでありなのかも)

それでも下着とズボンを上げたら、水を流す。

手洗い排水口で片手を洗い、壁に掛かるタオルをギュッと握り締めて、朝一番の習慣行動は終了だ。

（それに、しんどさが増している気がする反面、頑張ってる感はある。そうなったら、むしろここからが気の持ちようだ。頑張っている自分はえらい！　で、気分を上げて。自己肯定感を増すほうが得策だ）

トイレに入って出てくるだけの間に、キラーストレスから自己肯定感まで思考が飛ぶ小学四年生はそうざらにはいないだろうが、これが「希望ヶ丘の希望」と呼ぶ者さえいる兎田士郎だ。

全国共通テスト、小学生高学年の部で堂々一位に君臨する神童様だ。

よく「理屈っぽい」とは言われるが――。

「あ、ここは任せて。寧兄は自分の準備もあるだろうし」

そうこうしている間に、トイレの外からは次男で高校二年生の双葉の声がした。

夏休みだというのに随分早起きだが、双葉は通学の定期が使える都心でアルバイトをしている。

これまでも長期休みの際は、特に精を出してきているので、今日もおそらくはそうなのだろう。

だからといって、稼いだバイト代で散財をしている姿は見たことがない。

友人たちとの交際費はお小遣い内でまかない、バイト代は貯金し、使うときはもっぱら兄弟への貢(みつ)ぎ物だ。

士郎から見てもスポーツ万能、学術優秀、中学の頃から継続して生徒会役員を務めているスーパーヒーロー的な兄だ。

ただし、長男に溺愛された期間が一番長いとあって、そのブラコンぶりは当然のように伝授(でんじゅ)されている。

それは、この瞬間も同様だ。

双葉はこれから出勤する寧を気遣い、また怪我をしている士郎をも気遣ってくれる。

「そう？　そしたら頼もうかな」

「それより七生(ななお)は？　いつもなら寧にべったりの時間なのに」

すると、ここに三男で中学二年生の充功までもが加わってきた。

部活もなければ、アルバイトもない、遊び放題のやんちゃな自室持ち。本来ならば、夜更かしも寝坊もし放題の身分だろうが、ここは大家族育ちの三男だ。

自分の下に四人も弟がいれば、自分が親や兄たちを手伝うことはあっても、足を引っぱることはない。

ましてや今は、兎田家の頭脳にして、自分が初めて持った弟・士郎が怪我をしている。

――こうなったら、世話や子守を俺がやらなきゃ誰がやる！

そんな勢いで起きてきたのだろう。

ただし、聞こえてくる充功の声色は、どこか遠足で張り切って目を覚ます子供のノリに似ていたが……。

（うわ。充功まで起きてきたよ）

それにしたって、こうもトイレの前に集（つど）われては、扉を開けられない。

いくら階段から上がってきた二階の中央に多少の広さ――子供部屋と双葉・充功の各個室の間にはトイレの他に屋根裏部屋へ行き来する梯子（はしご）階段、その奥の庭側壁には二人が並んで立てる幅の洗面台――があるとはいえ、トイレの前に三人だ。

かといって、長居し続けては、お腹の具合まで心配されかねないので、士郎はドアノブを握り締めた。

「俺を起こしに来たはずが、布団に潜り込んで遊んでるうちに、二度寝しちゃってね」

「ひっちゃ〜っ」

そっと扉を開いたところで、七男で末弟の七生の声まで響いてきた。

両手を階段に付いてよじ登ってくる感じが、以前より随分早くなっている。

一歳も後半になると、日ごとにできることが増えてくるので目が離せない。

ただ、七生は薄手の着ぐるみパジャマ（カメレオン）のせいか、そのままカメレオンが上ってきたようにも見えた。

士郎は思わず吹き出しそうになる。

「起きたらしいぞ」

「本当だ。一瞬だったな――。もう少し寝るかと思ったのに」

タイミングのよさに、充功に突っ込まれて困る寧、それを見て笑う双葉がとても対象的だ。

「あ！　しっちゃ!!　おっはよーっ」

そんな兄たちの隙間をぬって、士郎は低い位置から見上げてくる七生と目が合った。

全身全霊でニッコリされて、オムツパンツでふっくらしているお尻をフリフリ。

尚且つ、両手を広げて飛びついてくる。

その姿は、まさに世界一可愛い美ベイビーと言っても過言ではないが、今だけは間が悪かった。

「うっ！」

いつもの調子で迎えようとした士郎の患部に、ズキッと痛みが走る。

「ひゃっ」

「おっと！」

飛びつく七生ごとよろけそうになった瞬間、士郎は充功に背後から支えられて留まる。

七生に至っては、咄嗟に手を伸ばした双葉に背後から上着を摑まれて、これまた転ぶこともなく空に浮いた。

「ふへへっ」

「笑いごとじゃないぞ。気をつけないと」

一瞬とはいえ、両手両脚が浮いたのが楽しかったのか、喜ぶ七生に双葉が「めっ！」とする。

「あ〜いっ」

七生自身はもっと浮いていたかったのだろうが、すぐに床へ下ろされて渋々と返事をしていた。

それでもぷくっと膨らむ両の頬まで愛嬌たっぷりで可愛く見えてしまうのは、持って生まれた七生の武器だ。

叱ったはずの双葉本人が「しょうがないな」と言って、その場で抱っこ。

二度寝から起き上がってきたためか、まだまだ柔らかくて腰のない髪があっちこっちに向いているのを、整えるようにしながら〝いい子いい子〟で撫でている。

当然七生はご機嫌だ。

いつもなら考える余地もなく「ひっちゃ〜」で、母親代わりでもある寧に手を伸ばすだろうに、今は抱き上げてくれた双葉の首にニコニコしながら両手を回していた。

「やれやれだね。でも、七生。士郎の怪我が治るまで、いつもみたいに〝わーい〟って飛びついたら駄目だからね」

「あいっ」

それで寧が注意をすると、双葉の腕から両腕を伸ばした。

双葉も、こんなもんだろうくらいの顔で、七生を寧に託す。

「そしたら俺は、七生と先に下りているから、士郎を頼むね」

「了解」

「士郎。次は歯磨きと洗顔だぞ」

そうしてこの場には、充功と双葉が士郎の世話役として残った。

「ほら、歯ブラシ。俺、サービス満点じゃね？」

フロアの真ん中に下りている梯子階段を避け、双葉に支えられながら洗面所まで行くと、充功が歯ブラシに歯磨き粉を付けて渡してくれる。

「あ、ありがとう」

（真夏に雪でも降るんじゃ？　もしくはゲリラ豪雨？）

御礼は言うも、苦笑しそうな自分をグッと堪（こら）える。

歯を磨いている間にもコップに水が注がれ、更には洗面器が出されて水が溜められていく。

もともと弟たちの世話には慣れている次男三男のタッグとはいえ、こうも至れり尽くせりなのは、どうなのだろうか？

しかし、これだけでは終わらないのが大家族四男だ。

七人兄弟のど真ん中である士郎に兄がいるということは、当然七生以外にも弟たちがいる。

それもこうした兄たちを常に見習い、自身に取り込んで、まさに成長中の弟たちが。

「着替えは先？」

「朝ご飯が先のほうがいいんじゃないか？」

――などと話をしている充功と双葉の間を割って、

「おはよう、士郎くん！」

「しろちゃん、手と足は大丈夫？」

顔を覗かせてきたのは、五男で小学二年生の樹季(いつき)と六男で幼稚園年中(ねんちゅう)の武蔵(むさし)だった。

「あのね、あのね。お着替えの準備はできてるよ」

「これでいい？　いっちゃんと俺で選んだんだよ！」

いつの間に起きたのか、樹季の手には半袖の白いTシャツが、そして武蔵の手にはデニムの短パンが持たれている。

だが、当の本人たちは、まだパジャマ姿だ。

起きてから一番に「士郎くんのお世話！」「しろちゃんのお手伝い!!」となったのが見てわかる。

「え、あ。おはよう」

これには士郎も驚きつつ、ニコリと笑う。

「へー。すごいな、二人とも」

双葉に至っては、言うと同時に両手で二人の頭を撫でた。

もはや条件反射のような〝いい子いい子〟だが、それでも樹季と武蔵は満面の笑みだ。

褒めて伸ばす、褒められて伸びるに、ここまで家族全員が徹しているいる家はそうないかもしれない。

「うわっ！　武蔵が起きてるよ。やけにはりきって。雪でも降るんじゃないか？」

それでもこうしてチャチャを入れるのは、決まって充功だ。

ただ、発想が先ほどの士郎と変わらないことに、思わず歯ブラシを噛み締める。

今更何を言ったところで、タイプは違えど兄弟だ。

姿形も似ているが、ふとしたときの発想もグリンピースさながらということだろう。

「ひどいよ、みっちゃん」

本当のことを言われて、ぷくっと頬を膨らませた武蔵の顔が、先ほどの七生と被る。

だが、気性的には兄弟の中でも一番男らしく、またこの年で凜々しささえ感じさせる武蔵は、士郎の目から見ても一番母親似だ。

ようは、蘭が男前な性格の美人だったということだが――。

「武蔵は僕と、今日から士郎くんのお手伝いをしようねって、約束したんだよ。最初は起きなかったけど、そう言ったら直(す)ぐに起きたの。もっと褒めてあげてよ！」

と、ここで樹季が武蔵のフォローに入った。

父親譲りのゆるふわ系な美男兄弟の中でも、少女と見まごうほど愛らしい顔つきをしている樹季だが、こうしたときにはきちんと発言をする。

特に弟のことになると、途端にお兄ちゃんとしての振る舞いになる。

まさに直ぐ上の兄・士郎の背中を見て育った五男だ。

ただし、普段は大概のことを「うふふ～」な笑顔と態度で済ませてしまう、兄弟どころか町内一の小悪魔でもあるが――。

「へ～。そりゃ確かにえらいな」

とはいえ、開口一番にチャチャを入れるのは充功の挨拶みたいなものだ。

すぐに武蔵の頭をぐしゃぐしゃと撫でて、ふっと笑った。

基本が同じ顔で、誰が一番どうこうというのも変な話だが、それでもこうした笑顔が一番様(さま)になり、立ち姿から何から「カッコいい」と称されるのは充功だ。

武蔵もキメ顔さながらの充功にお褒めを受けて、かなり嬉しそうだ。

パッと顔が明るくなる。

「へへへ～。でしょう！　俺、いっちゃんと誓ったんだ！　しろちゃんのお手伝いいっぱいするって」

「ねーっ」

途端に樹季と二人でわちゃわちゃだ。

その間に、士郎は歯磨きを終えて、顔を洗い、双葉から差し出されたタオルを手に取っている。

（あ、眼鏡）

ここで、ようやく気がついた。

家族の中で、唯一の眼鏡男子である士郎だが、今朝はまだ枕元に置いたままだ。

「はい！　士郎くん」

「ありがとう」

しかし、ここでもフォローは完璧だ。

士郎は顔を拭き終えたタオルを双葉に回収されると、そのまま樹季から差し出された眼鏡を手に取りスッとかけた。

満足そうな弟たちの顔がより鮮明に見える。

「あ、髪もとかさないとな」

「双葉くん、すごーい！」

それにしても、ここまで至れり尽くせりでことが進むと、感謝や照れくささよりも感心が芽生える。

　特にさりげなくスマートな双葉のフォローが完璧だ。

「モテモテじゃん」

「そういうこととは違う気がするけどね」

　からかいつつも、充功は充功で子供部屋まで支えてくれる。

　前を先導する樹季と武蔵。

　背後から見守りながら付いてくる双葉。

　その後は用意された着替えまで兄弟たちの手で済ませると、士郎は改めて自分の置かれた立場と同時に、決して他人には見せられないレベルのブラコン揃いだという現実を再認識した。

　しかし、これで終わらないのが兎田家だ。

　なぜなら下には、この兄弟たちに過保護を伝授したであろう大ボス――キラキラ大家族の家長にして自宅仕事のフリーライターでもある颯太郎が、まだ控えていたからだ。

「――え!?」

「何、これ？　どうしたの？」

「今日って何かあったっけ？」

「お父さん、美味しそう！」

「父ちゃん、すごーいっ」

五人揃って一階のダイニングへ移動をする。

すると、テーブル上には夏休みの、それも平日の朝とは思えない朝食が並んでいた。

四人掛けのテーブルを二つ並べた中央には、大皿に漏られた鮭、たらこ、ツナマヨ、梅おかかの小ぶりなおにぎりがずらり。

これだけでも充分「おにぎりいっぱい！」「種類もたくさん！」と喜ぶところだが、今朝はそれに加えてハム、玉子、ポテトサラダ、チーズと野菜などの、これまた小ぶりなサンドイッチに、タコさんウインナー、鶏の唐揚げまでもがずらりと並んでいる。

その上、用意された空のスープカップには、豚汁かミネストローネが選択できて、先に配られている取り皿の上にはフォークとスプーンがセットされていた。

すでに固定されたベビーチェアに着いている七生は、「ひゃーっ」と大喜びだ。

「なんか、やけに豪華じゃね？」

「あ、お昼ご飯の分も一緒？　だとしても、すごいね」

充功と双葉が思わず顔を見合わせる。

だが、すぐに士郎は気がついた。

「おとうさん、これって僕のために？」

今朝の食卓には箸がなかった。

おそらく意図して、家族全員が箸を使わなくていいように準備されたのだ。

それにしても気合いが入りまくりだが、颯太郎本人もかなり達成感に満ちているようだ。

「そうだよ。士郎が食べやすいようにって。けど、せっかくならみんなで同じように食べたいよねってことで、父さんが俺たちの分まで用意してくれたんだ。ね！」

「まあ、そこは――。いざ始めたら、いつもの癖で全員分を作っちゃっただけだよ」

汁物（しるもの）をどうする？　と聞きつつ、寧と颯太郎が笑い合う。

この分では、昨夜のうちから具材などを準備していたのだろう。

だが、それでも七生の手にもピッタリサイズなおにぎりとサンドイッチとなれば、それ相応に手間がかかるはずだ。

ましてや、大人から幼児までいる八人分だ。

仮に士郎に加えて、見たら欲しがるかもしれない七生の分だけをおにぎりやサンドイッチにしても、誰一人文句は言わないだろうに――。

（みんなで同じように食べたい……、か）

士郎は、こうしたところで、颯太郎らしい愛情表現を感じて嬉しくなった。

確かに手足は不自由だが、それには代えられない家族からのケアや気遣いには、有り難みしかないからだ。

「なるほどね。それで運動会用の弁当みたいなことになったんだ」

「ラッキー！」

双葉と充功も喜んで席へ着き、今朝は何でもない日の突発プチパーティーだ。

「みっちゃん嬉しそう！　あ、お野菜がないもんね、いっちゃん！」

「うん！」

しかも、どこを見渡してもご褒美ご飯（はん）としか思えない樹季は、苦手な野菜の存在がないため、誰より上機嫌になっていた。

「あ、もちろん。野菜は豚汁とスープにたっぷり入ってるよ～。でも、細かいから、樹季と充功には、本当にラッキーかもね」

ただし、それはカップの八割にみじん切り野菜が入った汁物を見るまでは――。

「えーっ！　それはないよ、寧くん。それにこの豚汁の豚さんって挽（ひ）き肉？　どこにもないよ!?　――あ、そうだ。これは士郎くんにあげるね！　きっと早く怪我が治るよ！」

「うーん。確かにミネラルやビタミンは必要だけど、それは僕の怪我より樹季の成長に欠かせないからね。はい！　ちゃんと食べなさい」

「え～っ」

士郎に満面の笑顔でカップを前に戻されるまでは――だったが。

2

普段以上に賑やかな朝食時間を過ごしたのち、寧は出勤し、双葉はアルバイトへ出かけていった。

その間、多めに作られた朝ご飯は、颯太郎によって三段組のランチボックスへ詰められた。

これだけでも樹季や武蔵、七生は目を輝かせたが、颯太郎は更に一手間加える。

すべてをピクニックバスケットへ入れてシートを添えた。

また、ちびっ子たちが気軽に水分補給ができるように、各自のマイボトルに氷と麦茶を入れたのだ。

「わ！　すごいね、武蔵」

「うん。いっちゃん。遠足みたい！」

「やっちゃーっ」

今から出かけるわけではないが、樹季たちはお弁当仕様だけで大喜びだった。

「お父さん。これ、庭で食べてもいい？」

「いいよ。ウッドデッキに日除けシェードをセットしておくから。ただし、あんまり暑かったら家の中だよ。外で夢中になっていて、具合が悪くなったら大変だからね」

「はーい！」

どうやら今日のお昼はウッドデッキでピクニックごっこだ。

颯太郎は準備したものをリビングのローテーブルへ置くと、ウッドデッキへ出て日除けシェードをセットし始める。

庭先では、すでに充功が洗濯物を干していた。

「そしたら、いっちゃん。しろちゃんの椅子もだね」

「あ、そうだね。武蔵、頭いい！　優しい！」

「えへへへ〜っ」

士郎は率先してできることがないので、リビングソファに座って、弟たちの様子を見守っていた。

(いろいろ気付く武蔵もすごいけど、樹季も褒め方が上手いな。一つのことで二つ褒められるって、武蔵からしたら倍は嬉しいだろうし)

生まれたときから些細なことでも親と兄から褒められ、また弟たちからも絶賛されて育った士郎からすると、こうした光景は至極当たり前のこととして刷り込まれてきた。

間違いなく感情表現が豊かで、何か一つできたら最低でも二つ、行動と感情の面から褒めて、なおかつ一緒に喜んでくれる颯太郎の影響だろう。

特に長男・寧は、何をしても颯太郎に〝初めての感動〟をもたらしたことから、三つも四つも褒められ、大はしゃぎされて育った。

だが、それをそのまま引き継いだ寧が、同じように〝初めての感動〟を双葉に向け、双葉もまた充功に向けて――となったことから、多少の個人差はあっても、こうした状態は今も続いている。

とはいえ、これを誰一人欠けることなく継続しているのは、客観的に見たらすごいのでは？　と、士郎は改めて感じた。

もちろん、常にいくつもの褒め言葉が出るわけではないし、大概は「すごい」や「えらい」の一言に集約されている。

だが、今日のように誰かのために何かをした、また考えたときには、発想そのものや、それにいたった気持ちの両方を褒めるのは、とてもいいことだなと思った。

これこそあとで、樹季を褒めなければ！　だ。

「むっちゃ！　いっちゃ!!」

すると、二人の話を聞いていたのか、すぐに七生が行動を起こした。

普段からリビングの隅に置いているキッズ用のローチェアを、顔を真っ赤にして持ってきたのだ。

これには樹季と武蔵も驚いている。

「え！　すごい、七生。士郎くんの椅子を持ってきてくれたの？　力持ち！」

「しろちゃん、喜ぶよ！　七生、優しいな！」

しかも、樹季から〝優しい〟と褒められて、これまでになく気分をよくしたのだろう。

武蔵はすぐに七生に同じことを言って、頭を撫でた。

「えへへへっ」

当然、七生は天下を取ったように胸を張っている。

なので、士郎もニッコリ笑って「ありがとう」と言った。

七生はいっそう機嫌がよくなり、お尻をフリフリ。

そんな姿さえ、どこか誇らしげだ。

（きっと七生も褒め上手になるんだろうな）

士郎もいっそう嬉しくなる。

負に連鎖があるというなら、その逆もまたしかりだ。

――と、ここで掃き出し窓が開いた。

「え？　本当にいいの？　夜まで上にいて」

「いいよ。昼の弁当も詰めてもらったし、双葉も夕方に帰ってきたら、飯を作るよって言ってたから。仕事するでも、仮眠するでも、やることがあるんだろう」

「そう」

用を終えた颯太郎と充功がリビングに入ってくる。

見れば隣家の飼い犬でセントバーナードのエリザベス（♂）までもが、喜び勇んで付いてきた。

どうやら庭に出ていた二人を見て、勝手口から出てきたのだろう。

〝お、エリザベス。来るか？〟

〝バウ！〟

士郎には、フェンスに足をかけて「遊んで遊んで」とお強請りするエリザベスの姿から、声をかけた充功が隣へ迎えに行くところまで、容易に想像ができた。

おそらく充功としては、本日の子守役に犬の手を借りたのだろう。

「士郎くんのことなら、僕もいるから大丈夫だよ。お父さん！」

「まかせて、父ちゃん！」

「なっちゃもよ〜。えったんね〜」

「バウン！」

ますます樹季たちのテンションが上がってきた。

しかし、士郎からすると、これが怖い。

普通にしている分には特に心配もない弟たちだが、変に張り切ったときに発動する「いいこと思いついた！」での行動結果が、一〇〇％いいことだった記憶が乏しいからだ。

とはいえ、昨日は士郎の救急搬送もあり、颯太郎も病院への行き来や、保護者同士の話し合いなどで、昼から夜まで時間を取られていた。

いくら自宅作業のフリーランスで都合が付けやすいとはいえ、毎月一定数の仕事量や締め切りは抱えている。

予定外のことで無くした作業時間は、睡眠時間を削って補うことも多いので、充功の意見には士郎も同意見だった。

そもそも士郎自身が怪我をしていなければ、充功にだって「友達と遊んできても大丈夫だよ」と言うくらいなのだから。

「ほら、樹季たちも言ってるし。晩飯まで好きにして平気だから。な、士郎」

「うん。僕なら大丈夫だよ。この分なら、何をするにも、上げ膳据え膳そうだしね」

充功に目配せをされて、士郎も力強く頷く。

それに習うようにして、樹季、武蔵、七生、エリザベスがこくりと頷く。

ただ、さすがにエリザベスにまで相槌を打たれると、颯太郎も吹き出しかけた。

偶然だと思っても、あまりのタイミングのよさに、可笑しくなったのだろう。

「そう。なら、お言葉に甘えるよ。でも、何か困ったら、すぐに呼んでいいからね」

「はーい」

「あいちゃ！」

それでも、これなら安心だと感じてか、颯太郎はそのまま自室兼仕事部屋でもある三階の屋根裏部屋へと上がっていった。

一階のリビングダイニングには、五人と一匹が残る。

「――で、なんかしてほしいことはあるか？」

充功が、空になった洗濯物籠を隅に置きながら、ソファに座ったままの士郎に問いかける。

「僕は特に。それより充功のほうこそ、つきっきりだと大変でしょう。ゲームでもなんでも友達と……、ほら、言ってるそばから電話だよ」

「あ？　別にいいよ」

会話の途中で、リビングテーブルに置きっぱなしにされていたスマートフォンが振動したが、充功は慌てる様子もない。

しかし、士郎からしたら、やはり気になる。

「大丈夫だから、かけ直してあげなよ。メールじゃないってことは、至急かもよ？　それに、僕が思うように動けないっていうのは、樹季たちもわかってる。いつもみたいに、あれして、これしては言わないよ。ね」

「そうだよ、みっちゃん！」

「うんうん。僕と武蔵で、ちゃんと士郎くんと七生を見るから、お電話してきて。あ、エリザベスも手伝ってくれるって！」

「バウン」

弟たちとエリザベスを巻き込んで、安心してアピールをする。

普段にも増して、やる気満々な樹季や武蔵が逆に不安なのは、充功も士郎と大差がない。

それでも、お座りで背筋を伸ばして答えるエリザベスの可笑しさには、颯太郎同様敵わなかったのだろう。

不思議と、まあどうにかなるか——という気にさせてくれるのもある。

「——そっか。なら、とりあえず要件だけ聞いてくるわ。あ、トイレのときは、遠慮せずに呼べよ」

「はい。ありがとう」

充功は、すでに振動が止んだスマートフォンを手に取ると、いったんリビングからウッドデッキへと移動した。

わざわざ暑いところを選ばなくても——とは思っても、士郎たちのことを完全に視界から消すのは心配だったのだろう。

（普段はオラオラで大ざっぱに見えるけど、意外に用心深くて心配性なんだよね）

士郎は窓越しに見える充功の姿にクスッと笑った。

そして、室内へ視線を戻す。

だが、一瞬にして一人足りないことに気がついた。

「七生は？」

思わずソファから立ち上がる。

左足を軸に右足を庇いこそすれど、歩けないほどの怪我ではないので、ソファから離れて周りを見回す。

「あれ？　そう言えば」

「ひとちゃんのお部屋にいったよ」

「寧兄さんの？」

武蔵に言われてリビング続きの和室を見る。

すると、僅かに開いた襖の間から、七生が出てきた。

「えへん」

（え!?）

――悪戯でもしてないといいが。

そう思ったときには、七生が寧のシャツを羽織って現れた。

首からはおもちゃの聴診器を下げて、手には何かを入れたビニール袋を持っている。

「わ！　七生、お医者さんみたい‼」

「え⁉　でも、その白い半袖って、会社に着ていくやつじゃないの？」

「なっちゃ、てんてよ！」

これには樹季と武蔵もビックリだ。

七生はお医者さん気取りで胸を張っているが、士郎は足を引きずりながらも移動し、まず和室の中を確認した。

（シャツを持ってきただけか）

特に問題はないようで、ホッとした。

弄られたり、壊れたりして困る貴重品は必ずしまっておく！　が徹底された兎田家。

当然、弟たちのうっかりや失敗で私物を壊された回数が一番多い寧だけに、七生が出入りしても、興味を持ちそうなものが目に付くことはない。

むしろ、誰でも出入りができる和室を使っているだけに、間違っても弟たちの怪我やトラブルに繋がりそうなアイテムは、一つとして出していないのだ。

それこそ作業机として座卓も置かれているが、ここに携帯電話の充電器や目覚まし時計などが乗るのも、寧自身がこの部屋にいるときだけという徹底ぶり。

出勤するときには、日常的に使いそうな小物の類いもすべてタンスや引き出しの中か、クリアケースなどにしまわれているのだ。

　しかも、これをしている一番の理由が、

〝まだ分別のつかない弟たちが、ちょっとした好奇心から失敗をして、泣きながらごめんなさいをするのは見たくないんだよ。それなら、原因になりそうな物は、思いつく限りなくしておくほうがいいかなって〟

　――だというのだから、脱帽だ。

　過保護と言えばそれきりだが、士郎としては尊敬して止まない。またお手本にするしかない危機管理能力の高さでもある。

「あーあー。しまってあったお医者さんセットまで出してきたんだ」

「しっちゃ！　いたたよ～っ」

　しかし、ここで感心ばかりはしていられない。

　七生が士郎を指名し、先ほどリビングダイニングの間ぐらいに運んで置いたローチェアを指差した。

　ここに座って――と、言いたいらしい。

「え？　僕、もしかして患者さん？」

　言うまでもなくそうだろうが、驚きから確認してしまう。

「えったん。ここ！」

「バウン」

しかも、エリザベスまでローチェアの隣に立つように指示をされて、困惑気味だ。

それでも言われたとおりに指された場所へ移動して、ちょこんと座るところは本当に天才犬だな——と、士郎は感心してしまう。

「エリザベスが七生のお手伝い役なんだ」

「そしたら看護師さんかな？」

「むっちゃ、いっちゃ、えんとね」

そうして更なる指示が、人ごとだと思ってワクワク顔になってきた二人にも出された。

「俺たちはソファで座ってろなの？」

「あ！　きっと待合室ってことだよ」

「そしたら、七生の椅子が診察のお部屋で、ソファが待つお部屋？」

「そういうことだね。いいよいいよ、七生。わかったよ」

ソファに座ってと言われただけで、これから始まるごっこ遊びや設定を瞬時に理解する樹季と武蔵。

これだけでも大したものだと士郎は感心ばかりが増すが、この二人の徹底ぶりは更に発揮されることになる。

「そしたら俺、ドラゴンソードの本を持ってくるから、いっちゃん読んで」

「いいよ！　なんか本当にお医者さんに来たみたいだね。あ、僕先に、おトイレ行ってこようっと！」

　こうなったら、とことん病院の待合室を再現するらしい。

　暇つぶしまで含めて、完成度が高そうなごっこ遊びだ。

「あい！　いってらね～」

　これには七生も満足そうだ。

　二階へ向かう武蔵、トイレへ向かう樹季を見送り、機嫌よく手まで振る。

　ただ、こうして二人と一匹が残った瞬間、七生が振り向きざまにニヤリとした。

　士郎は言いようのない不安を覚えて、背筋まで震える。

「くおん」

（そんな、哀れそうな目で見ないでよエリザベス。なんか、怖くなってくるじゃないか）

　どうやらエリザベスも嫌な予感に駆られているらしい。

　かといって、何か企むにしても、七生にできることは限られている。

　いきなり治療と称して患部を叩いてくる――などされない限りは、警戒しすぎたところで、気疲れするだけだ。

（さすがに聴診器で叩くはないだろうしな）

　ましてや、七生は「いかなる理由があっても、叩くのは駄目だよ」と言い聞かされて、今のところは守っている。

癇癪を起こして地団駄を踏んだり、持っていたおもちゃが手からすっぽ抜けて投げてしまったりなどはあっても、殴ろうとして殴ったことはない。

あくまでも、今までは――だが。

「あい、しっちゃ〜」

七生は士郎の不安など、どこ吹く風だった。

診察開始とばかりに、ローチェアに座ってくださいと満面の笑顔だ。

それは背もたれがセントバーナードの顔になっており、言うまでもなくエリザベスの顔にそっくりだった。

(これに座るのか――)

七生が五指に入るお気に入りを差し出してくれたことがわかるだけに、士郎も断るわけにいかない。

「はい。ありがとう」

だが、七生のお気に入りイコール幼児用の椅子だけあり、座面が小さい上に、便座よりも低い。高い分には着席部に自分を預けて背伸びをすればいいだけだが、低いとなったらそうはいかない。

座るだけでも一苦労しそうだ。

士郎は右足を少し浮かせ、左手で背もたれを掴んで、ゆっくり腰を下ろした。

（っっっ）

　運動音痴を自覚している士郎からすれば、片手片足でバランスを取るのは、かなり至難の業だ。

（うわっ。こんなバランスは取ったことがないよ。ただ座るだけなのに手足が震える）

　それでも、なんとか着席に成功すると、不思議な達成感が起こった。

　安堵と共に、口元に笑みが漏れる。

「いたたね～」

　士郎の笑みに、更に気分が上昇したのだろう。

　七生は、士郎が首から吊っている三角巾の上から、それっぽい仕草で聴診器を向けてきた。

（完全にお医者さんごっこの材料にされてるな）

　一瞬身構えたが、七生は聴診器をバンバン当ててくることもなく、様子を窺うように触れる真似をするだけだ。

　これはこれですごい。

（でも、一歳児がこの姿を見て〝お医者さんごっこをしよう〟ってなるのは、すごいことだよな。しかも、白衣に一番近い服を選んで着ているし。もしかして、七生って天才？調べてみたら、知能指数も相当高いんじゃない？）

　一連の流れから変なスイッチが入ったとしか思えないが、士郎の思考が〝うちの子すごい〟〝うちの子天才〟といった、親馬鹿に走り始めた。

　そうでなくても、すでに一生治ることのない兄馬鹿だと言うのに――。

（かといって、変なところで調べて、変な大人に目を付けられたら、大変だしな。七生もそうだけど、樹季や武蔵にも、僕みたいな目には遭って欲しくないし。こういうときには、やっぱりうちの子すごいでしょう～って、親馬鹿ぶりつつ、家庭内教育で――、えっ!?）

　しかし、ここで七生自身から目を、そして意識を逸らしたのが失敗だった。

「あーい。グルグルよ～」

（え!?）

　士郎はいきなり紐で上半身を巻かれ始めて、ギョッとした。

　見れば、雑誌などのリサイクルゴミを纏めるときに使用する、軽くて薄くて幅の広いポリプロピレン素材の平紐(ひらひも)だ。

　先ほど七生が手に持っていたビニール袋の中身が、つい先日使い始めたばかりで、巻の中央から、すぐに紐が出せるようになっていた〝これ〟だったのだろうが、それにしたっていつの間に!?　だ。

「ちょっ、駄目だよ。いったいどこから出してきたの……、っん！」

　ここまで徹したお医者さんごっこだけに、七生としてはこれが包帯の代用なのだろう。

確かに、形状としては、よく似ている。

一歳児が包帯代わりとして選んだとしたら、本当に天才だ！　と、褒め称えたい。

だが、それより先に「駄目」と言った士郎の身体は、椅子の背もたれごと「グルグル～」をされており、なおかつ幅広なそれが顔にもかかって口が半分塞がれている。

「えったんも～。ぐるぐる～」

こうなると、ごっこ遊びより平紐でぐるぐるするのが楽しくなってきたのだろう。

七生はとうとう士郎と一緒にエリザベスまで巻き込み始めた。

平紐の本体を両手に持って、二人の周りを嬉しそうに回っている。

「くぉ～んっ」

（いや、こんなときには、真っ先に逃げていいから、エリザベス！）

賢く、忠実すぎるのも考えものだ。

（あ、そうだ。充功――駄目か!!）

士郎は平紐の間から「もがもが」しつつも、ウッドデッキに出ている充功に助けを求めようとした。

だが、士郎たちとの間には、応接セットのソファなどが置かれており、視界を遮ってしまう。

こうなると、武蔵と樹季が戻ってくるのを待つしかない。

（あ！　戻ってきた）

するると、天の助けか、階段を下りてくる音や廊下をスキップしてくる音などが聞こえてきた。

エリザベスの円らな瞳も期待に満ちている。

「ごっこ♪　ごっこ♪　お医者さんご――、って！　何してるの七生！」

「いっちゃん、ご本はこれでい……、うわっ！　しろちゃんとエリザベスがぐるぐるにされてる！　みっちゃん、大変！　早く来てっ!!」

途端に樹季と武蔵の悲鳴が上がった。

しかし、何をしていると問われた当の本人・七生は、その場で止まるも「ん？」と首を傾げている。

「ん？　じゃないよ、七生。どうしたら、こういうことになるの？」

「ぐるぐる」

「そうじゃなくて、これは紙ゴミを捨てるときに使う紐でしょう」

こうしたときに樹季の対応は早い。

すぐさま七生の手から、まだ買ってきたときの丸い形状を残している平紐の残りを奪い取る。

「痛っ」

樹季の勢いや、その反動から、士郎は吊った右腕ごと身体を締められて、思わず口走った。

捲かれたときの姿勢が悪かったのか、患部たる手首を曲げてしまったのだ。

「あ！　ごめんなさい。引っぱったら痛くしちゃうのか。そしたら、やっぱりみっちゃんに――」

これには樹季もオロオロだ。

そうこうしている間に、スマートフォンを片手に持った充功が戻ってくる。

「何、どうした……、ぶっ!!　なんだこれ！」

やはり充功からは士郎とエリザベスの状況が見えていなかったらしく、入ってきてから驚き、そして吹いた。

「ぐるぐる」

「はっはははは！　確かに、包帯に見えなくもねぇけどさ。色も幅も――」

その後は容赦なく爆笑だ。

そりゃ、士郎だって当事者でなければ、やられていたのが充功だったら、同じように笑っていたかもしれない。

だが、それでも今は気を遣えよ！　と、腹が立つのは人の性（さが）だ。

一目で七生のお医者さんごっこや平紐の意味がわかるなら、僕の気持ちだってわかるだろう！　と、思うからだ。

「みっちゃん。笑ってないで早く解いてよ！　僕じゃ士郎くんのこと痛くしちゃうから」

「あ。はいはい。けど、これはもう切ったほうが早いだろう」

そして、こういうときの樹季は、やはり頼もしい。

自分が士郎を痛くしてしまった負い目もあるのだろうが、ここぞとばかりに充功に捲し立てる。

「くぉん……っ」

「あ！　みっちゃん!!　エリザベス、おしっこだって！　早くしてあげて！」

しかも、ここで武蔵が追撃だ。

それも思いがけない事態での時間制限付きとなり、充功も顔色が変わる。

「なんだと！」

急いでキッチン鋏を取ってくると、充功は士郎の背後に回って、椅子の背もたれごしに刃を当てた。

「士郎。絶対に動くなよ」

一番危険のない場所を選んで、ジャキジャキとポリプロピレンの平紐を切っていく。

だが、そうとわかっていても、士郎は背筋から首筋までがゾワゾワとした。

平紐が緩むまでの数秒だったが、この経験は色濃く記憶に残りそうだ。

「ほら、行け。エリザベス！」

そうして全体的に平紐が緩むと、充功は先にエリザベスを自由にした。

「こっちだよ！」

「バウン！」

武蔵が庭へ続く掃き出し窓を開いて、手招きをする。

エリザベスは急いで庭へ出て行った。

「大丈夫？　士郎くん」

「手も足も出ないって、まさにこのことだな」

ここでようやく士郎も、突然のぐるぐるから開放された。

一応、充功が患部の具合を確認してきたが、特に酷くした気はしなかったので、そのまま「大丈夫」だと伝える。

「そっか。なら、よかった」

充功も安心したようだ。

その後はすぐに七生のほうへ向き直る。

「ってか、七生。さすがに、このぐるぐるは駄目だぞ。もし間違えて、首がきゅってなったら、士郎もエリザベスも死んじゃうぞ」

「――っ!!」

ここまでくると、七生も〝まずいことをしてしまった〟と感じたのだろう。

しかも、「首がきゅっ」という説明に、充功は実際に七生の首に手を当てた。

親指と人差し指で挟んで、軽く摘まんだだけだが、これに七生は全身をビクンとさせる。

本能的に「死んじゃうぞ」という意味を感じ取ったのだろう。

まだ、言葉だけで理解できる年ではないので、あえてそうしたのだろうが、実際七生はこれでハッとしたのが、士郎にも見ていてわかった。

七生は同年の子たちよりは理解度が高く、言葉も達者なほうだが、それでも言ったことのすべてを正しく理解しているかどうかは、また別の話だ。

むしろ、調子よく合わせているので、理解したと見えているだけかもしれない。

もしくは、理解してくれて助かった――と安堵したいがゆえに、そう信じ込んでしまっているにすぎない。

それがわかっているから、充功はあえて言葉に動作をつけたのだろう。

今の七生には、紐・首・きゅっは駄目、もしくは怖いと認識させることが大事なので。

「みっちゃ、めんなたい」

「俺にじゃないだろう」

充功はぺこっと頭を下げた七生を士郎のほうへ向かせた。

「しっちゃ、めんなたい」

士郎は改めて充功の叱り方に感心を覚えながら、七生からの謝罪を受ける。

「はい。駄目ってわかったら、もうしないいんだよ。あとでエリザベスにもごめんなさいをしようね」

「あい」

それでも、遊びのつもりが酷いことをしてしまった——という実感があるのだろう。

七生がひどくしょげてしまったので、ここは士郎が自由な左手で抱き寄せた。

「あとは、充功も駄目なことを教えてくれて、ありがとうだよ。充功は七生を怖がらせたかったわけじゃないからね」

言葉で理解はできなくても、雰囲気から伝わることはある。

なので、士郎もここはハグをしたり、頭を撫でたりしながら、七生に大好きと大丈夫を伝えた。

「大好きだから、教えてくれたんだからね」

「あい」

特に叱った充功が七生を嫌いになったりしないこと。

大好きだから、ちゃんと叱ったんだよ——ということを。

「みっちゃ。あっとね」

「おう。お前は賢いな～。七生！」

「きゃはっ」

もちろん、実際にどこまで通じているのかは、七生のみぞ知る——だ。

だが、改めて充功に抱っこをしてもらい、ぎゅっと抱き締めてもらうと、沈んだ顔に笑みが戻った。

それを見た樹季が、士郎の左手を握り締めて「よかった」と微笑む。

おそらく今の士郎と七生、そして充功を客観的に見ていて、覚えた感情があったのだろう。

「うわっ。エリザベスが踏ん張った！　頑張れ！　みっちゃん、お散歩セット持ってきて片付けてぇ～っ」

しかし、ここで終わりよければすべてよし——にはならないのが、本日の兎田家。

いきなりウッドデッキから、武蔵が叫んだからだ。

「——は⁉　持ってきてだけじゃなく、片付けてまでつくのかよ」

「みっちゃん、モテモテ」

樹季にからかわれつつも、充功が抱いていた七生を下ろして、玄関へ向かう。

エリザベスは隣の亀山（かめやま）家の犬ではあるが、飼い主は老夫婦。

それも、兎田家の子供たちの要望を叶えたくて、飼い始めた経緯もあるので、散歩やお世話の半分は子供たちが率先して引き受けている。

玄関にエリザベスの散歩セット(エチケット)やリードが常備されているのも、こういうわけだ。年の順だけで言うならば、エリザベスは樹季と武蔵の間にいる兄弟同然の存在となっていた。

ただ、こうしたときに都合よく使われるのは、必ずと言っていいほど充功だ。

お散歩セットを持って戻ると、そのままウッドデッキから庭先へと下りていく。

「お前、本当に人使いが荒いな。ってか、こういうときには、一緒にやるんだよ」

「はーい」

「くぉ～ん」

「いや、エリザベスには言ってないから。まずは気兼(きが)ねせずに、しろ」

どこか申し訳なさそうにしているエリザベスの頭をくしゃくしゃと撫でる。

その後はエリザベスに「もっとしてもいいぞ」「もう我慢してないか」などと、声をかけていた。

「みっちゃん、優しいね。士郎くん」

「本当にね」

未だローチェストに座ったままの士郎は、庭から聞こえてくる声に耳を傾けながら、樹季に同意した。

（上手く使われるって言うよりは、上手く使われてくれてるんだろうな。武蔵がちゃっか

りしているのは確かだけど）
そうこうしている間に、夏の太陽がジリジリと頭上に昇っていく。
大量に干された洗濯物も、すぐに乾きそうだ。

＊＊＊

その後、充功はせっせと庭を片付けて、お散歩セットを下駄箱にしまいに行った。

心なしかエリザベスの顔が、スッキリ爽快に見える。

七生も改めて「さっきはごめんね」をしながら背中を撫でており、武蔵と樹季は用意したドラゴンソードの本を開き始めて、誰もがニコニコ顔だ。

「それより、充功。電話は？　途中だったんでしょう」

士郎も再びソファへ座り、手洗いまで済ませて戻ってきた充功に話しかける。

「ああ、佐竹と沢田だったから平気だよ。どの道、あとで顔を出すって言ってたし。電話にしても、士郎の様子を見に行きたいんだけど、見舞いの品は何がいいかな――って、聞いてきただけだしさ」

佐竹と沢田は充功の同級生で、最近は特に行き来が多い友人たちだった。

特に佐竹のほうは、士郎が庇って怪我をした園児の兄・広岡海音と同じクラスだ。

また、佐竹と広岡の祖母同士が幼馴染みで、今も定期的に会ってお茶を飲むような仲とあり、何かと縁がある。

そうした繋がりからも、士郎の状況を知ったのだろう。

わざわざ見舞いの相談をしてきたところに、礼儀正しさや律儀さを感じる。

沢田はいたって平均的な少年だが、佐竹のほうは充功以上にオラオラで、クラスどころか学年でも怖いほうで一目を置かれているというのに――。

「そんな、大げさな。お見舞いなんていいよ」

「俺もそう言ったんだけど」

そんな話をしている間にも、玄関からピンポーンと鳴る。

「言ってる側から来たか？」

「もしかしたら、お見舞いはドラゴンソードのチョコかもしれないよ！」

「カードかもしれないよ！」

充功が移動したと同時に、樹季と武蔵がウキウキした顔であとを付いていく。

七生はそれを見送る士郎の側に残って、エリザベスの背中によじ登って遊んでいた。

「お前らは、本当に自分の都合のいいことしか考えないのな」

「へへへ～」

「だって、佐竹さんはいつも優しいから～」

リビングを出ていく樹季の「優しい」発言に、ちょっとだけ黒いものを感じてしまう。

士郎は「ふーっ」と溜め息を漏らし、左手で額を抑える。

やれやれ――と言わんばかりだ。

「はーい」

「あ、充功さん。こんにちは！」

「士郎くんは大丈夫ですか？」

「こんにちは。その、士郎くんが大怪我をしたって聞いたから……、私たちはクラスの女子代表で来たんです」

玄関から、応対に出た充功と客の声がする。

（え？）

士郎には聞き覚えがあった。

同じ四年二組の寺井大地（てらいだいち）と青葉星夜（あおばせいや）、そして浜田彩愛（はまだあやめ）だ。

しかも、クラスの女子代表で私たちということは、他にも来ているのだろうか？　と、士郎はそろりと立ち上がった。

ゆっくりとだが、リビングダイニングから廊下へ向かう。

それを見たエリザベスが七生を背中に乗せたまま、士郎の自由な左側へ寄り添った。

七生の肩が丁度いい高さで、士郎は「ちょっとごめんね」と言って、バランスを取るための支えとして掴ませてもらった。

七生はこれだけで〝自分も役に立っている！〟と嬉しそうだ。

しっかりエリザベスに跨がりながら、自分も落ちないようにしているが、乗り慣れているとはいえ素晴らしいバランス力だ。

（やっぱり七生のほうが、何十倍も運動神経がいいよな）

夢でもなんでもなく、今の時点の七生に負けを認めるのは苦々しいが――。

それでも事実は事実で、自分に嘘はつけない。

士郎は（これは意識して、伸ばしてあげられるといいな）と、気持ちを切り替えた。

「確か、救急車で運ばれたんですよね？　夢小の友達が、見たって教えてくれて」

「士郎くん。そのまま入院ですか？　――あ、そうだ。これ！　お母さんたちが、士郎くん家に行くなら、持っていってあげてって」

「!!」

そうして廊下へ出たところで、士郎は「もう、大丈夫だよ。ありがとう」と七生の肩から手を離し、壁を支えにして立った。

すると、玄関には先ほどの三人の他に浜田と仲の良い朝田紀子と水嶋三奈がいた。

しかも、紀子から充功へ差し出されたものは、ドラゴンソードのカード入りチョコレートの箱が一つ――三十個入りだった。

母親たちも、凝った菓子より確実に男児が喜びそうな流行り物を選んで持たせたのだろうが、これには充功もビックリだ。

「わ！　ドラゴンソードのカード入りのチョコがいっぱい！」

「すごいね、いっちゃん！」

願望、欲望をそのまま口に出したら叶ってしまった樹季と武蔵は、その場で万歳だ。

しかも、それを見た三奈や紀子も「よかった！」と満面の笑み。

「樹季くんや武蔵くん、七生くんの分もあるよ。お母さんも、みんなで食べて遊んでねって、言ってたから」

「うんうん。またいいカードが出るといいね」

「やっちゃ～！」

七生などエリザベスから下りると、大喜びで樹季や武蔵に交じりに行く。

代表して箱を手渡してもらい、嬉しそうに抱き締める。

これだけで玄関先が和気藹々。

そこにお尻フリフリまでつけば、鬼に金棒で七生の独壇場だ。

（この運と言うか、引きの良さはなんだろう？　それにしても、理解のあるお母さんたちのチョイスもすごいや。多分、僕の好き嫌いを考えてもよくわからないから、確実に樹季たちを狙い撃ちしてきた気がする。結果、樹季たちが喜べば、僕も喜ぶだろうっていうと

ころまで読んでるんだろうな――。どの道、チョコはおやつになるし）

だが、思わず士郎が母親たちを分析しつつ、感心していたときだった。

「え!?　士郎くん！」

「どうして家にいるんだ!?」

星夜と大地が叫んだ。

「いや、でも……。本当に大怪我してるよ」

「歩いてこなくていいよ！　寝てていいから！」

両手を伸ばして、慌てている二人を見ると、士郎は「ん？」と首を傾げる。

確かに手足の包帯は大げさにしてもらっているが、それにしても家にいて驚かれたことがよくわからなかった。

怪我をしたという話だけなら、それこそ救急車を呼んだ勝にでも聞いたのだろうか？と思うところだが――。

「手も足もとか、痛そう」

「本当。それも両方、右だよ」

「あ！　だから松葉杖も使えないのか」

二人に続くように、彩愛、三奈、紀子が口走る。

ただ、松葉杖に関しては、言われてみると確かにそうだ。

たとえ足の怪我であっても、使えるのと使えないのでは、不自由さが違う。

せめて利き手がセーフか、捻挫の方向が手足別であれば、同じ怪我でも大分身動きが楽だ。

「大丈夫！　士郎くんには僕たちがいるから。ね、武蔵。七生、エリザベス」

「うん！」

「あいちゃ！」

「バウン」

――と、ここで樹季と武蔵が足早に寄ってきて、左右から士郎の身体を支えた。

すでに左側でメインに支えるのが樹季、右側で補助として立つのが武蔵と決まっているらしい。

そして、箱を抱えた七生は数歩前に立ってお尻をフリフリ。

背後からは、エリザベスがゆっくり付き添い、完璧なフォーメーションを披露する。

「そっか～」

「それは心強いね」

「弟くんたち、いつも可愛い～っ！」

これに彩愛たちはニッコリ、ほのぼの。

大地や星夜も「そっか～」と同様だ。

唯一、笑いを堪えて、士郎を気の毒がって見ているのは充功くらいだが、士郎からすれば今の心情を一番察してくれているのは彼だろう。

樹季たちの気持ちは嬉しいが、四方を囲まれては、思うように動けないからだ。

「それにしてもな――」

「士郎くん。せっかくの夏休みなのに」

それでも大地たちが心配そうに、また残念そうに漏らしたので、士郎は玄関先までゆっくり歩いた。

「見た目ほど酷くないし、一週間もあれば治るみたいだから大丈夫だよ。それに、この包帯や三角巾は、先生がうっかりぶつけたり、ぶつけられたりしないようにって、わざと大げさにしてくれたんだ」

目の前に立つ七生をチラチラと見ながら、状況を説明する。

「そうなのか！」

「確かに、これだけ目立ってたら、パッと避けるもんね」

勘のいい大地と星夜には、すぐに意図が伝わった。

ようは、士郎に家族が多いことを知っていた担当医が、間違っても家内で怪我を酷くしないように、わざと目に付きやすくしてくれたのだ。

――特に七生の。

なかっただろう。
　もっとも、その気遣いが〝ぐるぐる～〟の発想に繋がるとは、さすがに主治医も想像し
「うんうん。そうだね」
「いたたーの、とんでてーよ！」

なかっただろう。

　こればかりは、士郎だって同じだ。

「それよりお前ら、立ってないで上がれば？」

　話が一区切りしたところで、充功が土間に立つ友人たちに声をかけた。

　子供とはいえ、五人。扉を閉めたら、キツキツだ。

「え、でも――」

「五人もいるし」

　星夜と大地が、自分たちを見回した、

「バラバラで来たのに、途中でばったり会っちゃって」

「そもそも三奈たちは、様子を確かめに来ただけだし」

「あ、そしたら大地くんたちだけ、上がらせてもらいなよ。病院を聞いたら、このまま行く――とか言ってたんだし。話したいでしょう」

　元々男女一緒に来る予定ではなかったらしい。

　紀子が気を利かせて、自分たちはここで帰ろうと言い含める。

「え！　浜田さんたち、帰っちゃうの？　今日はお庭でピクニックだよ！」

「父ちゃんがおっきなお弁当を作ってくれたんだよ！　お菓子もあるから、みんなで分けれるよ！」

「どーじょよ～」

しかし、ここでお客さんイコール、遊び相手に減って欲しくないのは樹季たちだ。

武蔵共々、これから起こる当家でのイベント案内をしつつ、彩愛たちを引き止める。

七生など、お菓子を抱えたままちょこんと正座し、お迎えのまねごとだ。

「え？　ピクニック？」

「なんか、楽しそう！」

「でも――、悪いよ」

すると、乙女心が大きく揺れたようだ。

四年生ともなれば、校外で男女一緒に何かをする機会は減ってくる。

ましてや公園で落ち合うならまだしも、家に上がり込むなど、もとから行き来があるほど親密か、もしくは必要に迫られるでもなければ、そうないことだ。

ましてやここは、クラスや学年どころか、地域的にも絶大な人気を誇るキラキラ大家族の兎田家。

校内で士郎と話しているだけで、どこからともなく嫉妬の眼差しが飛んでくるのに、この場には充功までいる。

誰が見てもカッコいいお兄さんはときめきの対象だが、その分充功ファンのお姉さんたちにバレたら、嫉妬もすごそうだ——などと、つい考えてしまうのだろう。

この辺りは、大地たちとはまったく違った感性だ。が、それでも樹季が投げてきた「ピクニック」は、心を揺さぶるパワーワード。

乙女心よりも、年相応の好奇心をガンガンに刺激される。

「用があるなら引き止めないけど、ないなら気にせずに上がれよ。心配なら俺が家に電話してやるし。確かに昼時だし、お母さんたちが飯(めし)とか準備してたら悪いもんな」

充功が更に付け足した。

彼女たちが、人数以外のことなら、これで悩んでいると思ったのだろう。

まだ、乙女心はわからないようだ。

しかし、ここでお門違いな発言をしたところで、イケメンは正義だ。

そんなところにまで気を遣ってくれるんだ！　と、女子たちはキュンキュン。

男子たちからは、さすがは充功さん！　と、尊敬をされるだけだ。

「本当にいいんですか」

「あ、でも。お母さんには、自分でメールをすればいいけど……」

「五人だし」

そうして最後は、人数による遠慮だけとなった。

よく言えば、しっかりと躾がされている子供たちだが、ここで充功は「なら問題なしだな」と笑った。

「そもそもうちで人数なんか、誰も気にしねぇよ。それに、上がってもらったほうが、士郎も楽だからさ。なあ」

言われてみればそうなのかもしれないが、これぱかりは核家族やら一人っ子育ちの子供たちには思いつかない発想だ。

一般家庭なら、多少なりとも気にしてほしい人数だからだ。

「うん。そうだね。用事がないなら、みんな上がって。せっかくだから、もらったお菓子も分けたいし。あ、大地くんと星夜くんも大丈夫なんだよね？」

「全然、大丈夫！」

「あとで晴真(はるま)くんや優音(はると)くんに〝いいないいいな〟って言われるだろうけど、二人からの言伝もあるからね」

それでも士郎が充功に賛同し、大地や星夜に確認をとったところで、

「そしたら――」

「失礼して」

「おじゃましまーす」

彩愛や紀子、三奈も「ふふっ」と笑い合いつつ、靴を脱いだ。

エリザベスや樹季たちに先導されて、先にリビングへ向かう。

また、大地と星夜は、士郎を気遣う充功のあとをついて、ゆっくり廊下を進む。

「伝言？」

「うん。僕たち、朝のうちだけサッカー部のお手伝いにいったんだ。そしたら晴真くんや優音くんが、士郎くんへ送ったメールの返事が全然こない。家電にかけてもずっと話し中で通じない。だから、様子を見に行くなら〝できたら返事を！〟って」

「そうそう。それもあって、勝から聞いた怪我の話が大きくなったんだと思う」

――なるほど、それでわざわざ言伝なのか、ただの捻挫が大怪我扱いになっていたのかと、士郎は頷いた。

「そう言われたら、昨日から一度もメールチェックをしてないや」

兎田家ではマイ・スマートフォンを持つのは、中学生からになっている。

だが、リビングには家族用のデスクトップパソコンが置かれているし、士郎自身も颯太郎からのお下がりで専用のノートパソコンを持っている。

当然、メールアドレスも持っているので、それで友人たちと連絡を取り合うことはある。

しかし、スマートフォンではないので、パソコンを立ち上げなければ、気がつけない。

それは晴真たちにも説明してあるのだが、ここのところは毎日チェックをしていた上に、怪我の話を聞きつけて、心配になったのだろう。

「昨夜に限って、入れ替わり立ち替わり家電を使ってたしな。きっと、間も悪かったんだろう」

充功も思い出したように、そう言えば――と話す。

本当に、これぱかりはタイミングだ。

「そしたら先にメールの返事をしておくね。今の時間だと、まだ練習中かもしれないから」

「そうだね。俺たちがするより、安心すると思うしな」

「うん。みんな心配してたからね」

士郎はリビングへ入ると、そのままパソコンデスクへ向かった。

利き手を使えなくても起動からメールチェック、ちょっとした返信程度なら、左手一本でもどうにかなる。

タブレットならもっと楽だろうが、士郎からすればこれでも充分ありがたい、文明の利器だった。

3

士郎がメールを読んで返信をすると、すぐに家の固定電話が鳴った。

「丁度昼だし、晴真かもよ」

などといいながら、充功が子機から受話器を取る。

「はい。兎田で——あ、おう。わかったわかった。ありがとうな。今、代わるから」

そして受話器は、すぐにパソコンデスクに向かっていた士郎に手渡された。

「やっぱり晴真だった」

「ありがとう」

充功の応答だけでも、慌ててかけてきたのがわかる。

メールでやり取りするよりは電話のほうがありがたいので、士郎としては助かった。

「もしもし。あ、晴真。心配かけてゴメンね」

電話をしてきた手塚(てづか)晴真は、兎田家がこの希望ヶ丘へ越してきて、士郎が入った幼稚園で初めてできた友人。付き合いも一番長い。

校内では、サッカー部所属で最年少エースとして活躍しており、同学年内でも発言力と共に行動力のあるリーダータイプだった。

深く考えないまま行動するところがあるのが玉に瑕だが、そこは年相応。

慎重な士郎を「俺の親友、超すごい！」で、いつも誰より好意的かつ、尊敬してくれている。

〝士郎！　うわぁぁぁんっ。心配したよ士郎！　生きててよかった～っっっ〟

ただし、士郎に関してのみ箍が外れやすいので、開口一番に泣かれてしまい、若干困ったが――。

〝晴真！　泣くなよ〟

〝士郎が困るだろう〟

〝でも、僕も晴真くんの気持ちはわかるよ――、安心したよね！　うぅぅぅ〟

〝あーあー。優音まで〟

（まあ、ここは先輩たちも一緒だし、大丈夫だろう）

電話越しに聞こえてくるサッカー部員の声に、申し訳ないが対応は任せることにした。

だが、これでは埒が明かないと思ったのか、部長が代わりに出てくれる。

また、士郎に受話器を渡した充功は、

「あ、樹季。悪いけど、みんなと準備しといて」

「はーい。任せて！」

一人でキッチンへ入っていった。

「さてと――。多分、これを増やしたら、イケるよな？」

五人分のお弁当が用意されていたとはいえ、大人の一人前で見たら三人分程度。

更にそこへ十歳児が五人、うち二人は男児だ。

子供とはいえ、それなりに食べるだろうと考えて、充功はもう一品増やすことにした。

朝食のミネストローネの残りを弱火にかけ、また大鍋で湯を沸かし始めたのだ。

そして、調理台下の深い引き出しを開くと、三つ並んだスライド式の上蓋が付いた米びつの一つに利き手を突っ込む。

中から掬(すく)い出したのは、５００ミリリットルの計量カップいっぱい分のミニペンネ。

これは製粉会社に勤める寧が、社内割り引きで定期的に購入しているもので、そのときのお買い得品によって、マカロニだったりツイストだったり種類が変わる。

いずれにしても、業務用の４キロ入り袋がそのままスッポリ納められていた。

また、残りの米びつ二つには、強力粉と米が入っており、その上の浅めの引き出しには、小麦粉や片栗粉などの粉物から塩、砂糖、顆粒出汁(かりゅうだし)に旨味三昧(うまみざんまい)などの調味料が収納されている。

引き出しのサイズにピタリと合う容器を見つけ、また買ってきてスッポリと納めたときには、一家揃って大はしゃぎしたのは懐かしい思い出だ。

特に母親・蘭が「いい！　いい!!」と歓喜していた。

それがふと思い出されたのか、充功がクスッとしながら沸騰した湯の中に、塩とミニペンネを入れる。

そして、茹で上がったところで、それを取っ手付きのザルですくい上げて、温まったミネストローネへどんどん投入。

このあたりはそうとう大ざっぱにも見えるが、ミニペンネで薄まった味は、塩こしょうとコンソメを入れて補った。

見た目の物寂しさには、魚肉ソーセージを刻んで追加し、最後にミックスチーズを入れて、よく混ぜたら嵩増しされたミネストローネベースのパスタが完成だ。

しかも、充功はこれを大きめの紙コップへ人数分取り分けて、使い捨てのフォークをさしてピクニック仕様にする。

中学二年生の男子が、残り物でここまでやれるのは、ひとえに日頃から父や兄の手伝いをしているからに他ならない。

その上、叱る育児までできるのだから、いつ結婚しても安泰だろう。

最後にペンネを茹でた大鍋に氷水を入れて、湯の温度を下げてからシンクへ捨てるところまで完璧だ。

普段なら冷めるまでキッチン閉鎖で放置だが、今は士郎の友人たちもいる。

万が一を考えたら、用心するに越したことはない。

何よりそのまま処分をしないのも、L字型のキッチンのガスコンロとシンクは端と端。

大人でも、鍋を持って一歩二歩は移動をするので、誤って湯をかぶりでもしたら、もっと大ごとになる。

この辺りは、両親のやり方を見て覚えたものだ。

一方、残りの子供たちは——。

「わ! すごい。なんか、豪華!」

「お弁当がピクニックバスケットに入ってるのって、可愛い!」

「おにぎりもサンドイッチも武蔵くんや七生くんサイズなんだね。士郎くんのお父さん、すごい!」

士郎や充功がそれぞれの用を済ませている間、リビングでは樹季や武蔵が、弁当のお披露目をしていた。

「ウッドデッキに日除けも着いてて。ここにシートを敷けばOKってことか」

準備された水筒やシートを見ながら、大地が感心したように呟く。

「これ、いいね。お飯事(ままごと)みたいで可愛い。今度、三奈もやりたいな~。みんなで順番に回るのも楽しそう!」

「家もいいけど、みんなで集まるなら公園で食べるほうがいいかもよ。広いし、何人でも集まれる」

一際目を輝かせた三奈に、星夜が乗っかる。

ただし、お誕生会でもないのに、何人も子供が来て「ＯＫ」を出してくれる家は、そうとう限られている。

マンションやアパートなら尚更だろうこともあり、ここは「公園」を提案した。

これぱかりは〝兎田家が特別なだけだ〟ということを、承知していたからだ。

「あ！　それいいな。でも、そしたら集合場所を学校のグランド脇にして、晴真たちも合流しないと、もっと〝いいないいな〟になるぞ」

すると、星夜のいう「みんな」に、大地がサッカー部を巻き込んだ。

この場合、士郎が絶対参加という前提だが、そうしたときに誰が一番彼の近くにいる友人なのかを、大地自身も熟知し納得しているからだ。

「でも、学校だと運動会のお弁当時間みたいにならない？」

ただ、ここで紀子から、率直な疑問が飛び出した。

「うーん。そしたら学校の裏庭。いや！　学校の裏山なら森林浴ピクニックみたいになるかもよ」

これに名案とばかりに発言をしたのは彩愛。

士郎が聞いたら「え？　未開の裏山にそんな山道あったっけ!?」と不安になりそうな展開だが、当の本人は電話越しに晴真や優音の対応で、それどころではないようだ。

時間が進むにつれて、何やら深刻そうな話もしている。

「それ、いい！　昼の休憩時間に行き来するのも楽そうだし、練習が午前か午後しかないときでも、裏山ならすぐだしね」

「よし、決まりだな！」

「今度、ちゃんとした計画を立てよう」

だが、ちょっとでも注意し、止める者が居ない子供の話し合いは、雪山で雪玉を転がり落とすようなものだ。

気がつけば、学校裏山ピクニック計画が決定されている。

当然、それを聞いていた樹季と武蔵、七生もウキウキだ。

「俺、これ敷くね」

しかし、まずは当家でのピクニックだ。

武蔵が張り切ってシートを手に取った。

「あ、いいよ。俺たちで敷くから、武蔵は七生やエリザベスと見てなよ」

「そうそう」

「わーい！　ありがとう」

「あっとね～」

しかし、ここは大地と星夜が代わってくれた。

二人はシートを手にして表へ出ると、六畳分ほどのウッドデッキの半分にブルーシートを広げる。

丁度、日除けシェードの下にくるように合わせて、これでセット完了だ。

「そしたら僕、みんなのコップを持ってくる」

「あ、樹季くん。そしたら、こっちは私たちが手伝うよ」

「ありがとう！」

その間、樹季と彩愛たちはキッチンへ。

「あ、樹季。ついでだから、それも持って行ってくれ」

「それ？　わっ！　みっちゃんのご飯が増えてる！」

「紙コップにパスタが入ってるよ！」

「美味しそう」

「可愛い～!!」

充功のカップパスタが並べられたダイニングテーブルを見るなり、大はしゃぎ。

これには武蔵や七生も「何々？」と寄ってくる。

エリザベスまでのそのそと来たら、対面キッチンの周りは大賑（にぎ）わいだ。

「そしたら、あとはよろしく」

「はーい」

その場を樹季たちに任せた充功は、丁度通話を終えた士郎の脇へ立つ。

「どうだった？　晴真たちは」

士郎は差し出された手に受話器を渡して、ゆっくりだがパソコンデスクから立ち上がる。

充功は受話器を戻すと、今度は士郎自身を補助してくれる。

士郎は「ありがとう」と言葉を挟んでから、話を続ける。

「丁度昼休みに入ったところだったみたい。まずは、メールを受け取って、安心したって泣かれたけど。なんか救急搬送と、夜になっても電話が繋がらないってことから尾びれがついて、勝手に危篤状態にされてたっぽい」

「危篤!?　そもそもサッカー部には、救急車を呼んだ山田優がいたんじゃないのかよ？」

話がてら、いったんはソファへ腰を下ろす。

士郎たちの目の前を、季樹たちが行き来する。

その一方で、武蔵と七生は邪魔にならないようにリビングから庭を見ながら体育座り。

エリザベスを従えつつも、ウッドデッキで準備が整うのを待っている。

「勝くん自身は、伯父さんが僕の担当医だったし、そこまで大怪我じゃないよって説明したみたい。けど――」

〝それなら電話が繋がらないのはおかしいよ！〟

〝几帳面で礼儀正しい士郎くんが、メールが届いて返事をしないのも変だしね〟

〝もしかしたら、夜になっていきなり悪くなったとか!?〟

〝それで病院へ!?〟

〝だから、ひっきりなしに親戚とかに、電話をしていたってこと？〟

〝いや、それってもう危篤じゃん！〟

〝俺、伯父さんに電話して聞いてみる！〟

「……って、なったみたい」

「なんだそれ」

「ね」

士郎は、時折周りの様子を気にしたが、とりあえず七生がじっとしているので、安心していた。

武蔵が小声で何か話しかけ、エリザベスが背後から鼻先で頭をちょんちょんして、楽しませている。

「しかも、勝くんが電話したときに、丁度源(みなもと)先生が執刀中(しっとうちゅう)で、それがもしかしたら僕なんじゃ!?ってところまで話が拡大したらしくて。〝それは大変だ！電話確認じゃよくわからないだろうし、先生が直接病院で確認して来るよ〟ってなって。今、円能寺(えんのうじ)先生が病院に行ってるって」

　とはいえ、充功に説明していた士郎の顔には、徐々に苦笑いが……。

「うわっ！　全治一ヶ月から復活してたのか。早々にやってくれるな、円能寺！　そんなの病院側に迷惑なだけだろう」

　久しぶりに聞いたお騒がせ教師の名前に、充功も思わず顔をこわばらせる。

「多分、すぐに帰ってくることになると思うけどね。晴真が急いで電話するって言ってたし、病院で聞いたところで、受付で否定されるだけだろうから」

「――なんにしても、本人不在のところで人騒がせだな。ってか、俺もうっかりしたか。士郎は捻挫だから心配ないって、昨夜のうちに〝拡散よろしく〟メールをしておけばよかった」

「そんなの、今だから思うことであって、昨日の段階でなんて考えないよ。第一、怪我をした僕自身が、浜田さんたちがお見舞いに来たところで、あれ？　女子にまで、どこから話が伝わったんだろうって、思ったくらいなんだからさ」

　そもそも士郎が怪我を負った公園というのが、隣の夢ヶ丘町だった。

　それもあり、その場に希望ヶ丘町の子供は、ほとんどいなかった。

　勝が居合わせたのも、外科医をしている伯父の息子――夢ヶ丘町住まいの源翔悟（しょうご）と一緒にいたからであって、偶然だ。

かといって、勝も翔悟も自ら士郎の救急搬送を言いふらすようなタイプではない。

せいぜい勝が部活で漏らした程度だろうが、それだって元は「士郎と連絡が取れない」から始まっていることだろう。

そう考えると、その場にいた夢ヶ丘町の子供たちか、もしくは搬送先の病院に居合わせた誰かが、噂話の元になっていると思う方がよさそうだ。

「まあ、そうか。なんにしても、有名人は辛いな」

「それを言うなら、一方的に顔と名前を覚えられてるのは――だろう。なんにしても、これ以上噂が拗れたら、もっとややこしいことになりかねないから、充功は今からでもメールを拡散しておいて。あと、間違っても広岡くんや湊くんに変なとばっちりが行かないように。ここが、一番大事だから」

ただ、士郎は自分のことよりも、やはり怪我のきっかけとなった兄弟のことのほうが心配だった。

士郎をよく知り、好意を持っている者たちなら、広岡兄弟を責めることはない。

ましてや、頼んでもいないのに、敵討ちめいたことを言ったりやったりする者もいない。

だが、噂を聞いただけで、身勝手な正義感を振りかざし、広岡に突っかかる者が出てもおかしくはない。

それほど一方的に存在を知られているというのは、厄介だ。

こうなると、充功やその友人たちから「広岡とはもう話をしてるから、へんなちょっかいはかけるなよ」と言い含めて、メールでもなんでも拡散してもらうのが一番だ。

どんなに暇を持てあました中学生でも、一応〝怖いお兄さん〟の部類に入る充功が「いらん」と言っていることをわざわざしてまで、睨まれたくはないだろうから――。

「了解。まあ、そう考えたら、お前の重症化話だけが広まって、誰も原因を追及してない段階でストップをかけられるのはラッキーだったな」

充功はスマートフォンを手にすると、

〝士郎はうっかり捻挫をしただけで、一週間もすれば治るから心配無用。仮に、原因について何か言ってくる奴がいても、ややこしくなるから外野は黙っとけ！　で、よろしく〟といった内容で早速拡散してくれるよう、まずは事情通の佐竹にメールを送った。

これでひとまずは安心だ。

「そうだね。大地くんたちが来てくれなかったら、今日だってメールチェックをしていなかったかもしれないしね」

「しろちゃん！　みっちゃん！　準備できたよ!!　こっち来て！」

士郎と充功が笑い合ったところで、武蔵が呼びにくる。

士郎は充功に手を借りて、ゆっくりウッドデッキへ向かった。

夏にしては、まだ涼しいと感じる日ではあったが、日差しの強さはくっきりとしたシェードの影を見ればわかる。

「しっちゃ、えんとよ」

だが、ここで再びローチェアが登場した。

特等席とばかりに用意されている。

「七生。その椅子だと、士郎が座るのは大変だから、自分が座っとけ」

「そうだね。これだと支えても、座ったり立ったりが難しそうだもんね」

しかし、ここは充功と星夜が絶妙にフォローしてくれた。

七生は意味がわからなかったのか、「ん？・」と首を傾げる。

やはり、言ったことがすべて通じるなどと思ったら、大変なことになる一歳児だ。

士郎は手っ取り早い言い回しで、ローチェアを回避することにした。

「七生。僕、七生もお揃いで座ってくれると嬉しいな。これは七生が座って。僕のは充功に持ってきて貰うから」

すると、七生の顔がパッと明るくなった。

「なっちゃ、おっとろ～」

さっそくとばかりに、自分からローチェアに座る。

もともとお気に入りのエリザベスグッズだけに、そう言われたら迷うことはないらしい。

「すごい。そう言えばいいのか」

「やっぱり士郎くん、天才！」

大地と星夜は、ただただ感心している。

「そんなことはないよ」

そう言った士郎の言葉の裏には、「さっきこれで失敗したからね」と苦々しいものが含まれていたが、ここで笑ったのはダイニングチェアを持ってきた充功だけだった。

＊　＊　＊

思いがけないウッドデッキピクニックに、子供たちの笑顔は絶えなかった。

「足りなかったら、そうめんも作るから」

「はーい」

「ありがとうございます。充功さん」

いきなり子供が増えたこともあり、士郎はけっこう騒がしくなるだろうか？　と思ったが、そうでもなかった。

たまたま集まったのが〝聞く耳〟を持った子たちで、我先に話をしようというのがなかったのが幸いしたのだろう。

あとは、お客さんが来ているとはいえ、樹季や武蔵、七生がこの年の男児の割には「うふふ」「えへへ」で大人しい。

　そこへ子守意識が芽生えると、自然に言動が柔らかくなる。

　誰かか怒鳴る、がなる、大声を出さなければ話が出来ない――と言ったことがないので、大半が男児の割にはほのぼのとしていて、穏やかなランチタイムとなったのだ。

「ご馳走様でした！」

「美味しかったです！」

「あ、一通り食べ終わったら、デザートは中にしておけ。日陰にはなってても、やっぱり暑いから」

　そうして一通り食べ終えると、充功がここから先は室内へと誘導する。

　また、真っ先に使い終えた弁当箱などを集めて、後片付けも率先してやる。

「はーい」

「そしたら、みんなでお片付けだね」

「自分の使った分だけ、ダイニングテーブルへ運んでくれればいいから」

「了解しました！」

　この中では最年長とあり、すっかり保護者になっている充功だが、やはり言ったと同時に自らも動くので、誰もが素直に言うことを聞く。

「涼しい～。やっぱり家の中、最高！」

「ピクニック、楽しかったね」

表のシートまで片付け終えると、あとはリビングセットのローテーブルを囲んだ。

人数も多いので、三人掛けのソファに座っているのは士郎と七生だけ。

あとはラグの上に男女が対面に直接座り、食後のデザートタイムへ突入だ。

その間、洗い物を済ませた充功は庭へ出ており、乾いた洗濯物を取り込んでいる。

見れば樹季と武蔵も、お手伝いをしているようだ。が、ここはすぐに充功が部屋へ戻してきた。

「みっちゃんが、俺たちがいないとカードチョコが開けられないから、こっちにいなさいって」

「洗濯物は寧くんのお部屋に一度入れて、あとで畳むから――だって」

「そっか！　じゃあ、カードチョコから開けようね」

「わーい」

テーブルの空いたところへ樹季と武蔵が座ると、カード入りのチョコレートが配られる。

しかし、中に入っているドラゴンソードのカードは、樹季や武蔵、七生が好きで集めているのを知っているためか、彩愛や大地たちは、自然と他のお菓子に手を伸ばしていた。

ソファでは、七生が「あてて～」と、士郎にせがんでいる。

「――あ、そうだ。士郎くん。他の子たちから何かできないかな？　って、メールが届いてるんだけど」

　すると、いきなり紀子が話を切り出した。

　届いたメールの説明をしたかったのか、自分が持ってきた斜めかけバッグから、キッズ用携帯電話を取り出して見せる。

「何かって？」

　士郎はソファから、少しだけ前のめりになった。

　足下に座っていた大地と星夜が、反射的に上体を左右へ傾ける。

　それを見た武蔵が「自動ドアみたい」と呟き、思わず樹季が吹き出してしまう。

「だから、手足を捻挫しちゃった士郎くんのお手伝い？　あ、みんなにはちゃんと、大怪我じゃなかった。入院もしていないし、家に居て元気だよ――って知らせたよ。でも、それなら逆に、私たちにもできることがありそうだからって」

　紀子も釣られて笑いそうになっていたが、ここは伝言を頼まれているので、まずは説明をする。

「ただ、何をしたら一番喜んでくれるのか、助かるのかがわからないから、士郎くんに直接聞いてって。私は子守とかを考えたんだけど」

　――なるほど、そういうことか。と、意味はわかった。

　しかし、生憎士郎には、今でも四方を囲まれるほどのお手伝いたちがいる。

この上、志願者が増えても、困るだけだ。

ましてや、子守のように責任が伴うことを、同じ子供にお願いすることは考えられない。

仮に充功の友人たちであっても、士郎自身は頼まない。

充功が友人たちに「ちょっと手を貸して」と頼むのとは、わけが違う。

――と、ここで三奈がクスクスと笑った。

「みんな暇だな～」

「暇って言ったら暇かも」

「え⁉」

真顔で紀子に返されて、本気で驚いている。

すると、そこへ大地も「だよな――」と話を合わせた。

「俺もサッカー部の手伝いがなかったら、家でゲームするくらい？　ってか、俺は春休みまで、そんな感じだったし。円能寺先生が復活して、必要がなくなったら、やっぱりゲーム三昧(ざんまい)になるかも？」

「あ、そうだね。僕も似たような感じ。大好きな星は夜にしか見れないし、春休みは家のパソコンでネットばっかりしてた。多分、サッカー部がなくなったら、この夏休みも、そうなる気がする。というか、ちょっと前まで学校の日でも、そうだったけど」

士郎は、いきなり溜め息交じりに愚痴り始めた大地と星夜を見ながら、紀子を含めた三人の共通点を探した。

（あ、塾とか部活がないのか。この分だと、夏期講習みたいなものも）

すぐに見つかった。

なぜなら、士郎自身も課外の部活はしていないし、塾も行っていない。

学校から帰れば、弟たちの遊び相手をすることで、自宅仕事の颯太郎を手伝っているし、勉強自体は授業だけで充分だ。

それこそ何か知りたい、学びたいと思えば、ネットを駆使するなり、図書館を利用するなりでことが済む。

そう考えると、仲良くなると校外でも行き来が増えるのは、帰宅部が多いからだ。

部活や塾のある子は、自然と校内だけでのやり取りになる。

「でもさ。学校もないのに、毎日友達と会って遊んでる子なんている？　彩愛と麗子（れいこ）みたいに、最初から隣同士の幼馴染みとかならわかるけど」

ここで紀子が、いっそう重い溜め息を付いた。

ようは、毎日の遊び相手が居れば暇にもならないと言いたいのだろうが、裏を返すとちょっと寂しい。

話に入っていけないでいる三奈は、確か習い事をしているので、週に何度かは予定があり、ぼやくほど暇ではないのだろう。

そして、いきなり名指しされた彩愛と言えば、

「え!? それでも毎日はないよ。特に今年は、麗子も忙しいのかな？ 三奈や紀子と会ってる回数のほうが断然多いし」

ちょっと首を傾げつつも、苦笑いをしていた。

彩愛の親友であり、三奈や紀子を含めた仲良し四人組の一人である柴田麗子は、今年一人だけクラスが離れてしまった。

それでも教室が隣とあって、しょっちゅう廊下で立ち話をしている。

特に喧嘩をした様子もなかったが、夏休みに入って麗子が忙しくなったのだろうか？

士郎も、それ以上のことは想像が付かない。

「そうなの？」

「でも、夏休みって、実は暇な子は多いよね。家族と出かけるにしたって、三日？ 四日？ 一週間も旅行に行く子のほうが、少ないしさ」

「――だよね。田舎がある子なら夏休み中遊びに行ってとかあるかもしれないけど。そもそもここが田舎だもんね」

この話のノリでは、彩愛も暇を持てあましているようだ。

すっかり紀子と意気投合。いまいち付いていけなくなったのか、三奈は斜め向かいにした樹季や武蔵とカードを見ながら、話を始める。

（きっかけとしたら、すごく些細なことだけど。人って、こうやって話題から外れちゃうのか。まあ、水嶋さんはもともとマイペースだし、今は樹季や武蔵と楽しそうだから大丈夫そうだけど。それにしても、ここが田舎か——）

士郎は、これは言い得て妙だなと思った。

希望ヶ丘もその周辺も、ベッドタウンとはいえ両親の代から住んでいるほうが、世帯数としては少ない。

ましてや、祖父母以前の代から住んでいる地元民となれば、すでに地元を離れた家族や親戚が帰省してくることはあっても、自分がすることはない。

こうなると、地元暮らしは田舎なしなのだ。

「お父さんとお母さんの休みが合わないのもあるし、そもそも日中は家に居ないし。弟や妹がいなかったら、子守すらないもんね」

ただ、ひょんなことから飛び出した「暇」話だが、士郎はふっと（そう言えば——）と思い出すことがいくつかあった。

長期休みに入ると、まったく家から出てこなくなる子が居るかと思えば、いつも一人でフラフラしている子も居る。

また、学校では一緒にいたところなんて見たことがないのに、仲良くなったのかな？と思えば、休み明けには片方がひとりぼっちで、もう片方はいつもの友人たちと一緒にいるなんてこともある。

時間を持てあました子供が何かしらの犯罪に手を染めたり、巻き込まれたりするのも、この時期が多い。

紀子がぼやいたように、両親にだってやることが山積みだろうし、兄弟の有無ばかりは、各家庭の問題なのでどうしようもない。

仮に三世代同居なら、孫を見てくれる祖父母が居るだろうと思っても、健康で自宅にいるとは限らない。

目の前には人がいるのに、構ってもらえない子供はいくらだっている。

こうなると、「暇」「一人ではつまらない」と感じる時間ばかりが蓄積していくだろう。

それを埋めるなり誤魔化す手段としては、ネットやゲーム、漫画やＤＶＤ鑑賞も、都合の良い手段だ。

それが変な事件に繋がらなければ、士郎もありだと思う。

もちろん、もとから好きでやっている子供は多いだろうし――。

ただ、いずれにしても、学校へ通わなくなる長期休みは、各家庭の状況が色濃く子供の生活や行動に現れるということだ。

「なんか、部活と塾の存在って大きいね」

「片方だけでも、予定が増えるしね。そういう子が、大人の言ってる〝リア充(じゅう)〟っていうのかもね」

　そう思うなら自分も何かすればいい――と言うのは簡単だ。

　だが、今日まで好きで帰宅部をしているのか、それとも家庭の事情か他に理由があるのかは、士郎の知るところではない。

　勝手にこうだろうと決めつけて話されるのは、士郎自身も嫌いなので、それを人にしようとは思わない。

　ただ、だからといって、このまま放っておいてもいい気がしなかった。

「士郎塾も怪我が治るまではお休みだしね」

　すると、星夜が残念そうに呟いた。

「いや！　そもそも夏休みまで頼ったら、士郎が大変すぎるだろう」

「あ、そっか」

「僕はいいよ。塾をやってても」

　士郎は「これだ！」と思うと同時に、ニッコリと笑う。

「え!?　だって、その手じゃメールを打つのも大変だろ」

「だから、怪我が治るまでは直接だよ。時間のある子たちで集まって、夏休みの宿題をやったらいいじゃない。わからないところは、僕が言葉で説明するし」

　驚く大地に「名案でしょう」とばかりに、たたみかける。

士郎からすれば、変に気を遣われたり、遣ったりすることを考えたら、一緒に勉強をするほうが楽しいし安心だ。

「朝田さんたちもどう？　あと、僕に何か手伝いたいって言ってくれた、時間のありそうな子たちも一緒に誘って」

「え？　夏休みに入ったばかりなのに、宿題をするの？」

「あれって、夏休み終わり頃からするもんじゃ――、ないよね。うん。毎日ドリル一枚とか、そういう宿題も出てるもんね」

当然、紀子や彩愛が、そんなつもりで「暇」を連呼したわけではないのは承知の上だ。

おそらく、溜まっていた愚痴を吐き出したかっただけ。

欲しいのも賛同であって、解決策ではなかったことも、今の反応で明白になった。

ただ、士郎からすれば、暇つぶしなら何でもいいわけではないのは、むしろ安心だ。

実は孤独な時間が多すぎて、精神的にも追い込まれている。

誰でもいい、なんでもいいからこの寂しさを埋めたい――というわけではないのが、わかったからだ。

「でしょう。でも、そうとわかってても、一人じゃやる気が起きないんでしょう。しかも、やることがなくて暇だな～って感じて。それなら、暇つぶしでもいいから、少しでも宿題を片付けたほうが、あとで自分が楽じゃない。ねえ、水嶋さんもそう思うでしょ」

「……あ、うん」

こうなると、「暇だ」なんて一言も発していない三奈からしたら、ただの巻き込まれだ。

それでも、頭数から外されるよりはいいと思ったのか、困惑しつつも頷いた。

しかも、こんな話を聞いて、黙っているわけがないのが樹季たちだ。

今の今まで、カードを手にふふっとしていたのに、パッと顔を上げて、

「そしたら、みんなで宿題やるの？　僕も毎日ドリル、一緒にしていい？」

「俺も一緒に勉強する！」

「なっちゃも！」

自ら参加表明だ。

彩愛たちからすると、どうして宿題をするのがそんなに嬉しいのか理解不能だが、究極のかまってちゃんかつ士郎大好きな弟たちは、内容なんて気にしない。

「そしたら武蔵はひらがなの練習して、七生はお絵かきがいいんじゃない？」

「やる！」

「なっちゃも！」

「決まりだね。そしたら早速明日からでも、やろうか。だってみんな暇なんだもんね。どうせなら、宿題以外のプリントも準備しておくね」

こうして、あっと言う間に士郎塾オフライン授業が決定した。

これまでは、士郎が作ったテストを会員制のブログにアップし、各自がそれをやってメールで送信。

それを士郎が答え合わせをして返した上で、間違えたところを詳しく解説していたのだが、これらが期間限定とはいえ対面式になる。

「やった！」

「士郎くんとも毎日会えるし、一石二鳥だね」

樹季たち同様、心から喜んでいたのは、「士郎大好き！」で一緒に居るだけで自慢になるような大地や星夜だ。

しかし、同じ好きでも種類が違う、当然欲求も違う彩愛たちからすると、

「……あ」

「え……」

「うん」

もはや、どうしてこうなった⁉　だ。

それでも首は横には振れない。コクリと頷いてみせるだけだ。

「ぷっ！　お前ら完全に墓穴を掘ったよな！　士郎の前で暇を連呼したら、こうなるに決まってるだろうが。馬鹿だな～っ」

そんな様子をいつから見ていたのか、充功が洗濯物を仮置きしただろう、寧の部屋から

出てきた。

「え!?　みっちゃんもやるんだよ！」

「佐竹さんたちも呼びなよ！　みんなでしたら、きっと学校みたいで楽しいよ」

　しかし、本当に墓穴を掘るというのはこういうことで、

「そうだね。このさい部活も塾もないお友達に声をかけて、宿題を進めといたら？　仮に午後に三時間程度でも、何日かみっちりやったら、あとが楽でしょう。それでも最後の日には、徹夜するんだろうけどさ」

「――」

　充功はちょっと話題に混じっただけなのに、想定外の勉強会に参加させられることになった。

　ここで一番困るのが、樹季に名指しをされた佐竹たちが、「嫌だよ」「面倒くせえ」などとは言わないことだ。

　むしろ「え!?　士郎塾！」「俺たちも混ざっていいの！」と興味津々で了解してしまうのが、目に見えることだった。

4

まさか「怪我をしている士郎くんに、何か出来ることがあれば協力したいの!」と送ったメールに、「一週間限定! 今から夏休みの宿題をやっつけよう!! オフライン士郎塾のお知らせです」という、充功がノリノリで書いてくれた返事が届くとは思わなかった。

衝撃を受けた子供たちは、

(手伝ってもらうことがないので、みんなで宿題しよう。解説は士郎くん――って!? どうしてこうなるの? 私は士郎くんのお世話がしたかったのに、これじゃあ私がお世話される側じゃない?)

(うわーんっ。弟くんたちの子守をして、優しいねって笑ってもらうつもりが、これだと私がおバカすぎて、呆れられるかもしれない!)

(えーっ。差し入れのお菓子とか手作りしていこうと思ったのに! 予定が狂う!)

(うわぁぁぁん。手伝いに来てくれたんだ。サンキュウ! とかって、充功様に言って貰って、お近づきになる予定が! 充功様~っ)

特に、同級生や高学年の女子たちは、口には出せない欲望の数々が粉砕され、その日の夜は各自で「どうして？」「なんで!?」の自問を繰り返していた。

だが、目的はさておき、この勉強会に参加表明さえすれば、これまで上がったことのない兎田家へ上がれる。

どんな家なのかが見られて、なおかつ家の中には上から下までキラキライケメンしかいない。

それに気付けば、女子たちの立ち直りは早い。

（でも、勉強会になったら、他の子たちは来ないかもしれないかな？）

（あ、でもおバカすぎて個別指導になったら、チャンス到来!?　いっそわからないふりをして丁寧に教わるべき？　それとも予習していって、少しでも褒めてもらうべき？）

（まあいいか。こうなったら、たくさん作って持っていって、アピールしよう！　可愛くラッピングして、お洒落もして～。ふふふ）

（怪我が治る頃にプールに誘うのよ！　充功様～っ!!）

ただし、ここで家へ行く行かない、これを機に――などと思ってしまうほどの付き合いしかなかった女子たちだけに、これらの思惑は即日吹き飛んだ。

「何言ってるの。いくら士郎くんのほうから言ってくれたからって、家でお仕事をされている兎田さんにご迷惑でしょう。少しは遠慮しなさい」

友達には言えなくても母親なら――と話したら、至極真っ当な理由で叱られてしまった。

「宿題なら、お母さんが見てあげるから、自分でやりなさい。本当に優しい子は、好きな子の負担を増やしたりしないものよ」

しかも、どこの母親もけっこう容赦がなかった。

「差し入れに手作りお菓子とか、本当にやめて!! お父さんみたいにお腹を壊したら、怪我だけじゃなくて病気にしちゃうのよ! わかってる!? いいからあんたは、家で大人しく宿題をしていなさい!」

中には聞いただけで真っ青になった母親もいたようだが、彼女のおかげで被害は出ずに済んだ。

確かに、この上腹痛に見舞われた日には、さすがに士郎も正気を失うかもしれない。

ましてや、弟たちが「痛いよーっ」なんてことになったら、どういう変貌を見せるのか想像も付かない。

「そもそも六年生のあなたが、四年生の士郎くんに何を教わろうって言うの? そりゃ、士郎くんなら中学生でも教えられるでしょうけど、恥ずかしいと思いなさいよ。しかも、充功くん狙いのくせに!」

ただ、こうした母親たちの鉄の警戒心を見ると、士郎を始めとする兎田家のガードには、男友達と同じほど保護者会内の結束も強そうだ。

当事者たちには知られていない〝抜け駆け禁止〟やら〝迷惑行為禁止〟などといった、暗黙のルールでもあるのかもしれないが――。

それでも、改めて場所と日時の決定メールが届くと、

「え？　児童館でするの？」

「そう！　誰でも気軽に参加できるようにって、図書室とプレイルームの机を借りてやろうって。これならお家に迷惑もかけないから行ってもいいよね」

「まあ、それならね」

「やったー!!　ママ、ありがとう」

一度は引き止められた子供たちも、参加することができた。

開会場所が児童館の図書室とプレイルームで、午後の一時から四時まで士郎がお喋り自由なプレイルームにいて、わからないところの質問などに対応をする。

なので、まずは自宅で宿題を終わらせてから、もしくは図書室で宿題をしてから、士郎に直接質問をしに行くことになる。

参加は自由で、真面目にやっている子の邪魔さえしなければ、見学に来ても、普通に遊びに来ていても問題なし。

ただし、児童館での利用規約は守ること！

何も知らずに遊びに来ている子たちもいるので、迷惑をかけないこと！

などといった、ゆるいお知らせの中にも、明確なルールがあったこともよかったのだろう。

充功と友人たちの自転車送迎で士郎や樹季、武蔵や七生が到着したときには、確かに普通に遊んでいる子供たちがいたが、特に揉めることもなく集まってきた士郎塾生たちの宿題勉強会は始まった。


開始後二時間――。

「士郎くん。私たちここがよくわからないんだけど、教えてもらえる？」

図書室から移動してきた隣のクラスの柴田麗子が、プレイルームのテーブルに質問コーナーを設けていた士郎の前に立った。

その姿だけで一際目を惹く麗子は、腰までの艶やかな黒髪にスレンダーボディの八頭身美少女。モデル事務所からも声をかけられるだけあり、こうした場所でも一際華やかで目立つ存在だ。

今日は彩愛、紀子、三奈と一緒に来たようで、士郎は少しホッとする。

女の子同士の仲の良い四人組で、今年は麗子だけが違うクラスになっていたからだ。

「私たちってことは、みんな同じところでいいの？」

「うん」

「わかった」

士郎が前に出されたドリルに視線を落とすと、四人が前に座る。

どうやら順番を持つうちに、士郎に何度も同じことを説明させるのは申し訳ないのでは？　と、気付いてくれたようだ。

彼女たちの他にも、すでに並んでいる間に示し合わせて、いくつかの待機グループができている。

また、自分以外に同じ箇所の質問者がいなかった場合は、いったん図書室に戻ってメモ書きを回し、「これと同じ質問者を求む！　いたら一緒に行こう‼」などという工夫もし始めていた。

それを偶然見ていた充功たちが、つい今し方「ここへ来てアナログか！」と、感心しながら士郎に教えてくれた。

だが、これには士郎自身もかなり驚き、また素直に喜びを感じている。

なぜなら開始して一時間もしないうちに、何度か同じ説明をしていて、

（しまった。これは、僕のほうが時間割を決めて伝えておかないと、同じ説明や解説を何度もすることになる。というか、引っかかる場所が似ているってことは、大まかにいくつか予想しておいて、その項目とそれ以外で決めておけばいいだろうし）

今夜にでも、カリキュラムを組まねば——と思っていたからだ。

「それにしても、すごいね柴田さんたち。四教科のドリルは一週間分進めてるんだ」

自習の分量自体は本人にお任せだが、最低でも一日一ページ宿題のドリルは頑張ろう、が目標だった。

このあたりは個人差もあるので、決して無理なことは言うつもりもない。

「昨日彩愛たちから聞いて、夜のうちからできるだけやってきたの。あと、ここでも四人でわかるところまでやってから、士郎くんに聞いたほうがいいよねって話し合って」

「そう！　そうでないと児童館ならたくさんの子たちがくるだろうし、来てみたら学年関係なく、全部で一クラス分くらい来てるでしょう。これは士郎くん一人じゃ大変だよって。ね、紀子」

「うん。塾のきっかけは私だし。三奈も、こうなったらせめて優等生にならないとって言ってくれたから」

「へへっ。三奈だってやるときはやるよ」

「そう。僕の心配までしてくれて、ありがとう。じゃあ、まずは電気のはたらきの説明をするね」

ただ、意外とみんな、予習も含めて頑張っていた。

彩愛たちのように、きっかけを作ってしまったがゆえに——もあるが、大地や星夜のように、元から士郎に褒められるのが大好きな子たちもいる。

何より、周りに感化されてやる気になった——という子もいるのだろう。

その上、明らかに冷やかしで顔を出しただろう男子たちまで、

「士郎。プリントの予備とかあるの？」

「筆記具は借りられる？」

「あ、そうだ。このこと、夏休みの作文に書いてもいいか？　せっかくだから、思い出ってことにする！」

来てから十分も経たないうちに、自主的に机へ向かいだした。

（すごい集団効果だな。けど、来たらやれよ——みたいな空気は出してないはずなんだけど？　あ、充功たちからの〝冷やかしなら帰れ〟オーラがすごいのか！　あとで、ほどほどにねって頼まなきゃ）

しかも、士郎が驚いたのは、これだけではない。

「ゆっちゃま～！　えったんよ～」

「わぁ、七生くん。いつの間にか、柚希ママって言えるようになったのね！　嬉しい。ぐるぐる上手に書けてるね～」

「柚希ちゃんのママ、これはエリザベスの絵だよ」

「え？　そうなの武蔵くん！」

「ママ、しっかりして。七生くんのえったんは、エリザベスのことだから！」

「はーい」

七生だけは保護者の付き添いなしには利用が出来ないのを見越してか、ここは参加を表明した子供の母親たちが、前夜のうちに名乗りを上げてくれた。

そうでなくても、子供が宿題を見てもらうのに、黙って「ありがとう」では申し訳ない。颯太郎にだって仕事があるのだし、せめて間接的なお手伝いを——と、時間のある母親たちが一人一日の持ち回りで付き添ってくれることになったのだ。

「それにしても、七生のこと。お母さんたちが申し出てくれて助かったね」

「本当だな。さすがに俺じゃ、七生の保護者とは認めてもらえねぇし。だからって、七生だけ留守番でも、父さんが付き添うでも、結局仕事に支障が出かねねぇし。ましてや寧だって、いきなりこんな理由じゃ休めねぇしな」

ただし、安堵して胸を撫で下ろした充功や士郎は、この「七生くんの付き添い当番」を決めた母親たちの間で、早朝から集まり、恨みっこなしの抽選が行われたこと。

また、落選者のほうが圧倒的に多かったこと。

何より「付き添い」を言い出した兎田家のお向かいさんである年長児・柚希の母が、正々堂々と自力で抽選を引き当てこの場にいることは、知るよしもなかった。

だが、これらの感動は、何も士郎たちだけが覚えたわけではない。

「――すごい。なんだろう、これ。当館始まって以来の光景だね」

「図書室からプレイルームまで、真面目に勉強をしている小学生でほとんどが埋まってる」

視界に広がる光景に目を見開いたのは、児童館の職員たちだ。

「普段大騒ぎしている子まで、ドリルをやってるよ」

「席が足りない子が、遊具を机にしてまで、勉強してるって――。こんなの学校の先生が見たら泣くかもよ」

確かに朝のうちに颯太郎から、「今日からしばらく、子供たちが集まって宿題をやりに行くみたいなので、よろしくお願いします」という、電話は入っていた。

別に「運動会やお楽しみ会を企画している」と言われたわけではないので、話を聞いた者も「そうなんですね」と軽く返事をした。

誰もが、きっとクーラーのあるところに集まりたいんだろう――くらいの気持ちでしか考えていなかったし、仮に多少騒がしくなっても、もともとプレイルームはそういうものだ。

それでも職員たちは、「一時間も勉強をしないうちに遊び出すだろうけどね」などと言い合い、笑っていたのだ。

ただ、午後になって手足に包帯を巻いた士郎が先生役で現れたときにも驚いたが、その後の流れにはもっと驚くことになった。

「さすがはオフライン士郎塾。神童教室だな」

「多分、話を聞いて、冷やかしで来た子もいるんだろうけど——。士郎くんの痛々しい姿を見たら、大概黙るしな」

これこそ〝いい意味での裏切り〟だったが、それでも一度は集団白昼夢を疑った。

それほど視界の中には、児童クラブで普段から日参している高学年の暴れん坊グループも多く、実のところ今日もいつも通り遊びに来て、勉強道具を持参した子に突っかかっていったのだ。

〝何？　勉強なら家か塾でやれよ。こんなところでいかにも優等生ぶられても、腹立つんだけど！〟

〝え？　でも、今日はここで士郎塾があって……〟

〝聞いてねぇよ！　誰に断り入れてんだよ。第一、ここは俺等(おれら)児童クラブメンバーの縄張りだぞ！〟

——まあ、ありがちな展開だった。

なので、直ぐに職員が仲裁(ちゅうさい)に入ろうとした。

しかし、そこへ充功たちに付き添われた士郎がやってきて——。

〝え！　そうだったの!!　初耳ですよ、先輩。僕、知らなかったな～〟

〝士郎!?　え、何その怪我〟

〝ちょっと失敗しちゃって。でも、そうか――。ここって、児童クラブの縄張りだったんだ。で、いつからですか？　それって児童クラブのない時間帯もそうってことなんですか？〟

〝……いや。それは、違うけど〟

縄張りなんて、彼らが決めた勝手なルールだと承知の上で、笑って返してきたものだから、バツが悪そうに口ごもった。

その場にいたのは六年生が三人だったが、それでも士郎を相手にすると声の大きさも普段の半分ほどになる。

士郎の背後に充功たちがいたのも大きいだろうが、しかし彼らにとっては、士郎自身への尊敬のほうが大きいのだろう。

勉強ができる士郎に対しての反発はあっても、人気のカードゲームで伝説的な強さを見せた〝はにほへたろう〟には歓喜した覚えしかない。

人間、何か一つでも嫉妬さえ起こらないほど尊敬できるものがある相手に対しては、自然と軟化できるものだ。

〝そしたら、今日から一週間。午後はここに集まって、みんなで宿題をやるので、先輩たちもどうですか？　実は、僕がこんな感じで動けないので、みんなが僕に合わせてくれることになったんですよ。代わりに、わからないところがあれば、僕もお手伝いするってことで〟

〝あ、それでこれなんだ。ようは士郎に合わせた遊びになると、一緒に宿題になるってやつ？〟

〝はい。すごく有り難いですよね。あ、でも先輩たちは自由に遊んでいても、全然大丈夫ですから。僕らは図書室メインで、プレイルームでは机の一角を借りて、僕がわからないところのお手伝いをするだけなので〟

〝――そ、そうか〟

そうして士郎が直々に児童館のボス的彼らに断りを入れると、この話はこれで収まった。

ただ、ここで思いがけない続き話が出たのは、やはり士郎がただの秀才だからではない。

全国共通模試テスト高学年の部でトップという実績を持つ、実際の六年生たちよりもすでに優秀だということが周知だったからだろう。

〝え？　でもそうしたら――さ。ここに宿題を持ってきたら、学年が違っても四年の中で流行(はや)ってた士郎塾みたいなことをやってもらえるのか？〟

三人のうちの一人が、ふと思いついたように言い出した。

〝はい。やれる限りはやりますよ〟

〝そしたら、俺。家から宿題を持ってくるから教えて。親にやれやれって言われても、わかんなくって。でも、塾とかも行ってないから、わからないのが続いてて、もう何がわからないのかもわからないレベルだから〟

体格だけなら運動部に入るほうが、よほど生かせそうな大柄な子だった。

しかし、両親が共働きの上、祖父母が介護生活という子だっただけに、親の手間がかかる部活には参加ができない。

ましてや塾に行ける余裕もないまま、今にいたったのだろう。

三世代同居も多い土地柄だけにこの希望ヶ丘界隈でも、こうした環境に置かれる子供は年々増える傾向にあった。

さすがに祖父母が同時に介護となってくると、よほど裕福でもない限り、親世代に負担がかかる。

また、仮に両親と子供の生活であっても、突然働き手がリストラをされたり、勤め先が倒産したり、病で倒れたりなどという事態になれば、それまでの生活は一変する。

どんなに両親が真面目な努力家で悪意がなくても、時間とともに子供にまで気持ちやお金が回らなくなってくるのだ。

しかも、そうした環境下から長期間抜け出せずにいる子供に限って、自分が親に負担をかけないように我慢をしてしまう場合が多い。

ここで、わかりやすい非行に走るような子供のほうが、実は一握りだ。

そうでない子供は、我慢を重ねて、自分でも気がつかないうちに、時限爆弾を生み、また育ててしまう。

それこそ、いつどこで爆発するのか、それが子供のうちなのか大人になってからなのか、本人でさえわからないだろう危険なものをだ。

〝いいですよ。そしたら、どこまでわかってるか探しながらやりましょうか〟

〝やった！　ありがとう〟

言い出した子供は士郎からの快諾に、その場でガッツポーズをとっていた。

〝え、そしたら俺も持ってくる！　俺もいつからわからないのか、わからねぇし〟

〝お、俺も！　今のうちにせめて頭を六年生にしたいから持ってくるよ〟

これには類は友を呼ぶで仲良くしていたのだろう、残りの二人も賛同した。

この様子を見ていた職員は、

「そっか。わからないだけで、勉強が嫌いだったわけじゃないんだね」

――と、思わず口走り、目を潤ませてしまったほどだ。

「まあ、自由参加で最長でも三時間っていうのも、手頃だしな。しかも、塾は四時までで、その後はみんなで普通に話をしたり、遊んだりするんだろうから、ご褒美タイムもあるわけだし」

「子守の達人、充功くんと友人たちも待機してるしね」

　そうして話を弾ませた職員たちが、そろそろ持ち場へ戻ろうか――と、廊下を歩き始めたときだった。

「でも、いいな――。俺もこんな子供時代を送りたかった」

「え？」

「いや、俺は共働きでもないのに、放置子だったから。かといって、毎日遊ぶような友達なんていないし、そもそもゲームとかもほとんど持ってなくて。ずっと暇つぶしに図書館行って、漫画ばっかり読んでた。まあ、本が友達の典型タイプ」

　一人の男性職員が、自分の子供の頃を振り返った。

「だから。こうやって休みの日にまで、学校のみんなと会って、宿題をして。そのあと夕方まで一緒に遊べたら、そりゃ楽しいし、嬉しいだろうな――と思って。そりゃ中には一人で本を読むのが好きな子はいるけど、俺は逃げ場にしていた口だからさ」

　今更羨んだところで、どうなることではない。

　今は、こんなことをさらっと口にできる自分がいて、また相手がいる。

　それも職場に――。

　そう考えれば、充分幸せだということも、彼は自覚していた。

「ああ、わかる。私も似たような感じだった。長期休みは子供にとって、明暗が分かれるだけでなく、各家庭の格差みたいなのが浮き彫りになるものね。そういう意味でも、今回の宿題会は貴重だと思う」

「――だよな。それに、士郎くん主宰の集まりなら、学年に関係なく仲間外れやいじめの心配がない。安心して参加できる。みんなそれをわかっているから、率先して参加ルールを守る」

ただ、その場にいた大人たちのほとんどが、彼の言葉に共感し、また理解をしていた。

それだけ苦い思いをした子供時代の記憶をもっていたということだろう。

「自分から〝安心できる場所〟を手放す子供はいないからな」

「本当なら、大人が作ってしかるべき場所のはずなのにね――」

ふと、目が合うと、誰ともなく苦笑が浮かぶ。

「いや！　せっかくここにいるんだから、協力しようぜ。士郎塾に」

しかし、それは一瞬のことで、すぐに普段通りの笑顔が戻った。

「そうよね。あたたかく見守るくらいしか、思いつかないけど」

彼らが子供時代をやり直せることはない。

だが、今の子供たちに楽しい思い出や記憶を作る手伝いはできる。

そう、知っていたから――。

＊
＊
＊

町の中に十六時を知らせる定時メロディが響いたところで、士郎塾初日は終わった。

「じゃあ、士郎。また明日な！」

「俺も今日は急ぐから。士郎、バイバーイ」

「どうする彩愛、麗子？　遊んでいく」

「うん！」

その後は帰宅する者、残って遊ぶ者と二手に分かれ、士郎たちは樹季と武蔵の希望で少し残って遊ぶことになった。

だが、充功とその友人三人は、普段ここまで集中して宿題をすることがなかったためか、士郎が教材をしまい終えた頃には、遊具マットに横になって、並んで眠りこけている。

（なんだろう？　ここから見ると、ししゃもが並んでいるみたいだ。子持ちししゃもまでいるし）

しかも、七生は充功の腹上に突っ伏して、完全にベッド代わりにしている。

それを一緒に見ていた柚希ママは、終始クスクスしており、その上「今日は楽しかったわ～」とまで言ってくれた。

これだけでも士郎は頭が上がらない。本来なら、たまには子守から解放されたいのは、柚希ママのほうだろうと思っていたからだ。

(長居しても柚希ちゃんママに悪いし、四時半にはここを出ないとな――)

士郎もずっと座りっぱなしだったので、一度席を立つ。

目の前には、彩愛たち四人組に大地と星夜がそろって、立ち話を始めていた。

ときおり充功たちを見て微笑んでいたので、

(やっぱり、ししゃもに見えるって話かな？ それとも充功たちの大きさだと、鰯の一夜干しくらいかな？)

士郎はそう思って、聞き耳を立てていた。

「でも、この前も思ったけど、充功さんってすごいね。うちのパパより何でもできるよ」

「三奈のパパもだよ！」

――予想はまったく違った。

彩愛が感心して呟くと、それに三奈が同意した。

確かに昨日今日の充功は、いつにも増してテキパキと動いてはいた。

だが、さすがに父親と比べられているのを聞くと、士郎は首を傾げた。

すると、大地が「何、言ってるんだよ」と反論し始める。

「比べるところが違うだろう。比べるんなら、毎日会社で働いてるお父さんじゃなくて、夏休みで学校へ行っていない自分とだろう」

「え⁉」

「同じ子供同士なんだからさ」

「あ……、そっか」

大地からの指摘に、一瞬彩愛たちは驚いていた。

しかし、言うまでもなく、そうなのだ。

四年生から見れば、中学二年生は大人びて見えるが、充功は士郎たちの兄であり、まだ子供だ。

家事ができても、決して大人でも父親ではない。

かといって、父親同士であっても、他の誰かであっても、勝手に比較すること自体が士郎からすれば失礼だ。

「うわっ！　そしたら私たち、全然駄目じゃん」

「全部ママにやってもらってるもんね」

ただ、彩愛と三奈には、基本家事は母親任せの自覚があったためか、これ以上誰かをどうこう言うことはなかった。

士郎は少しホッとする。

「それ、樹季や武蔵よりお手伝いしてないじゃん」

大地が二人をからかうように話を続けた。

「そういう大地くんはどうなのよ!」

「俺は毎日、トイレや洗面台の――」

「いいな~。三奈ちゃんたちは、全部ママがしてくれるんだ」

と、ここで急に話の流れが変わった。

名指しにされた三奈を筆頭に、大地たちがいっせいに振り返る。

士郎もそれに習うように、無事な足で軽く背伸びをした。

「雛子ちゃん」

側に立っていたのは、ジーパンに半袖のチュニックを着た樹季のクラスメイト、狸塚雛子。住まいは希望ヶ丘旧町で、この辺り一帯に多くの土地を持つ、旧家にして地主家系の子だ。

ただ、雛子自身は本家とはいえ三男夫婦の一人娘で、祖父母と長男夫婦が住む母屋とは別の離れに両親と一緒に住んでいる。

小柄であどけない面立ちをしており、前髪の揃ったボブカットが似合う可愛い子だ。

「雛はずっとお手伝いばっかり。今日もみんなで宿題をするよ、樹季くんたちも来るよって聞いて楽しみにしてたのに、今になっちゃった」

「え? でも、雛子ちゃんのママって外で働いてないよね? 専業主婦だよね?」

「それなのに、今までお手伝い？　お小遣いをくれるとかってことで頑張りすぎたの？」

紀子と彩愛が続けて訊ねる。

それに対して、雛子はムスッとした顔で首を横に振る。

「ママはいつも家にいるよ。でも、お祖父ちゃんたちの家のことも全部一人でやるから、お掃除だけでも大変なの。あと、土曜とか日曜は、いつも親戚の人たちが集まるから、ご飯の支度も増えるし、雛しかママのことお手伝いできないから――」

ボソボソと不満を吐露する雛子に、誰もが耳を澄ませた。

（え？　全部一人でやる？　母親だけで、あの家の家事を？）

一瞬、士郎は一度見たら忘れないだろう、狸塚本家の外観を脳裏に浮かべた。

「――えっと。それって、あのデッカい旅館みたいな家のお掃除を、雛子ちゃんママが全部やっているってこと？　だから、雛子ちゃんが手伝ってるの？」

驚いた彩愛が言ったように、狸塚本家は立派な瓦屋根の日本家屋で、それもここへ来て初めて見たかな？　というような、平屋造りの大邸宅だ。

地図で思い浮かべても、塀で囲ってある敷地面積だけで五百坪？

建築面積だけでも、母屋と離れを合わせたら、二百坪は下らないだろう。

単純に畳四百枚分と想像しただけでも、掃除は嫌になりそうだ。

「うん。廊下の雑巾がけとか、広間のから拭きとか。だから雛子、学校のお掃除の時間が一番嫌い。どうして、どこへ行っても廊下の雑巾がけなの？」

自宅と学校の廊下を一緒くたにする子はそうそういないだろうが、雛子の場合なら頷ける。

廊下の雑巾がけで競争だ！　などと言ってはしゃげるのは、せいぜい自分の教室前くらいの長さだろう。

さすがにそれ以上になるなら、モップでゴーだ。

（お寺の修業みたいだな）

そんな例えしか出てこない自宅掃除なんて、確かに士郎でも嫌だと思う。

「え？　あそこまで広かったら、お掃除ロボットでいいんじゃないの？」

「十台くらい要りそうだけど、お手伝いさんがいないなら、許されるよね？」

麗子と彩愛が顔を見合わせた。

確かに、今どきなら文明の利器があるはずだし、種類だって豊富になってきた。

フローリングから畳の部屋まで対応できると思うが、旧家だけに先祖代々の教えでもあるのだろうか？

もしくは、何台か入れても、人の手でなければいけない場所がある？

士郎は、想像さえも追いつかなくなってくる。

「ってか、三奈はずっとお手伝いさんがいるのかと思ってた！　だって、前に一度だけ遊びに行かせて貰ったけど、雛子ちゃんの家って旅館かお寺みたいなんだよ？　庭の池には鯉（こい）が泳いでるんだよ？　それをママ一人でって……。雛子ちゃんが手伝っても、毎日全部なんて無理じゃない？」

「うん。だから、普段は一日半分で二日かけてやるの。でも、お洗濯とかご飯は分けられないから、雛ができることを、お手伝いするしかないの。それでも親戚のおじさんたちが集まってくるよりは、いいかな――。みんなが揃うのが一番嫌～っ」

――と、ここで雛子がさらに愚痴った。

士郎としては、こんなに大変な掃除よりも嫌われる大人って!?　まさか虐待（ぎゃくたい）!?　まで、思考が飛躍しそうになる。

「お酒を飲んだりするから？」

「毎週お正月みたいになるのかな？」

「そしたら、うるさいよね。それに帰ったあとには、掃除が大変そうだし――。あー、それは、来ないで、嫌ってなるよね」

すると、麗子と彩愛、紀子が揃って、あるある話のように頷き始めた。

大地と星夜は、雛子をよく知らなかったこともあり、一言も発しないまま聞くに徹している。

当然、親戚が揃ってうるさいや、嫌だなどと感じたことのない大家族生まれの大家族育ちな士郎からすれば、さらに想像ができなくなってくる。

こればかりは、その家のベースとなる宴会状況にもよるのだろうが——。

「そうでなくても、雛子ちゃん家の一族は、みんなこの辺りに住んでるからね、普段から盆暮れみたいに集まってるし。でも、みんな仲がいいって聞くし、確か孫の代の女の子は雛子ちゃんしかいないから、普通はお姫様扱いじゃないの？」

この中では三奈の家が一番雛子の家と近いだけあり、事情通のようだった。

だが、お姫様と言われても、雛子は首を振るばかりだ。

「みんな仲がいいし、優しいよ。でも、おじさんたちは雛子をお膝抱っこして、放してくれないの。特に本宅にいる長男伯父さんは、いつもお仕事で忙しくて会えないからって、帰ってくると、抱っこしっぱなしだし——」

「抱っこ？」

「え？　でも、それならその日はお手伝いはしないで、好きなもの飲み食いしてラッキーにはならないの？」

彩愛や紀子は「それぐらいなら」と考えたようだが、これに雛子が憤怒した。

いきなり片足をバン！　と踏みならすと、

「ならないよ！　雛子はもう、お膝抱っことか嫌なの。酔っ払うとほっぺにチューするし、頭撫でまくるし。ママにやめてほしいのって話しても、みんな雛子が好きなんだから、いい子にしてなさいしか、言わないし」

幼いながらに、嫌なものは嫌だと捲し立てた。

だが、士郎からすると、どんどん耳が痛くなってくる。

何せ、兎田家では酔っ払ってもいないのに、抱っこして、キッスして、お尻ポンポンのオマケつきだ。颯太郎にしても、寧や双葉にしても、七生にするようなことを、ごく普通に樹季や士郎にだってしてくる。

しかも、それを樹季も士郎も嫌がっていない。

雛子を見ていると、多少は嫌がるのが普通なんだろうか？　と思えてくる。

——と、ここでいきなり麗子が両腕を組んだ。

「あー。そっか。それは嫌だよね。どんなに好き好きアピールでも、姪っ子可愛いでも、いい加減にしてってなる。それでお尻や胸とかに手が当たった日には、本当最悪！　どんな罰ゲーム？　セクハラ？　ってなる」

「ちょっ、麗子」

「そんな、はっきりと」

彩愛や紀子も焦っていたが、士郎はここでハッとした。

（あ、そういうことなのか）

確かに雛子は、一度も「おばさんが嫌だ」とは言っていない。

雛子の年なら、まだ可愛い可愛いでおばさんたちも抱っこをするだろうが、これが嫌じゃないのは同性だからだろう。

士郎にしても、さすがに親戚のおばさんたちから抱っこして、キッスして——などをされたら、恥ずかしくなる。

それが、幾度となく繰り返されたら、さすがにもう嫌だな——になっても不思議はない。むしろ、相手が好きなうちに嫌な行為をやめてもらわないと、相手そのものが嫌いになってしまう。

雛子は、「やっと話が理解された！」とばかりに、両目をキラキラと輝かせている。

「はっきりも何も、そういうことじゃないの？　彩愛だって、お正月はお年玉がもらえていいけど、親戚のおじさんが酔っ払うと面倒くさいって言ってたことあるじゃん」

「あ——、まあ、そうだよね。いくら親戚で馴染みがあっても、誰もが士郎くんのパパみたいにキラキラなおじさんじゃないしね」

「え!?　そしたら、士郎のお父さんなら、ずっとお膝抱っこしてもいいの？」

ここでようやく大地が声を発した。

子供であっても、一応はおじさん側にいるという意識のある男児だ。

所詮「イケメンはなんでもありか!?」と、問いたかったのだろう。

「もちろん——あ、無理！　そもそもイケメン過ぎて、そんなことできない!!　せめて痩せないと恥ずかしいもん！」

「だよね～」

「もうお膝抱っこは、パパにお小遣いお強請りするときぐらいで十分だしね」

答えになっているのか、なっていないのか――。

彩愛の意見に賛同する紀子や三奈を見ていると、士郎は思わず溜め息を漏らして、視線を逸らしてしまった。

「なんか――。女の子って、気にするところが違うんだね？」

「うん。少なくとも、俺たちとは違うよな――、士郎？」

星夜や大地も揃って首を傾げていた。

だが、当の士郎は、大地に声をかけられると同時にテーブルから離れている。

「智也くん、何をしてるの！」

足を引きずり、直ぐには近づけなかったので、あえて大きな声で名指しにした。

当然、室内いた子供たちの視線も一斉に集まる。

「……？」

すっかり寝込んでいた充功たちも、ハッとして目を覚ます。

見ればスマートフォンのレンズが向けられていた。

「もしかして、充功たちの動画を撮ってた？」

おぼつかない足取りで側まで行くと、士郎が率直に聞く。

「え!?」

慌ててスマートフォンを隠そうとしたのは、同じクラスの九智也(いちじくともや)だった。

中肉中背よりは、ややぽっちゃりめだろうか。

クラスでは士郎に次いで成績がいいほうで、全国統一テストも四年生の部なら一〇〇番内に入っている男子生徒だ。

ただ、彼とは二年生のときにも同じクラスになったが、特に話し込んだことはなく、それは今も変わらない。

オンライン士郎塾にしても、最初は周りに習って始めたようだが、自分には必要がないとわかってか、早いうちにやめている。

今日も質問には来なかったので、様子を見に来たか、偶然遊びに来ただけだろう。

ただ、周りにそれらしい友人は同行していないので、一人で来たのは確かだ。

「撮ってたよね」

「……あ、うん」

今一度、士郎に確認を取られて、智也が頷く。

最初は誤魔化そうとしたが、すでに充功も寝ている七生を抱えて身体を起こした。

佐竹や沢田などの友人たちも、上体を起こして、その場に胡座(あぐら)をかいているので嘘はつけないと諦めたようだ。

「そしたら、七生も映っているだろうし、この場で削除してくれるかな」

「え!?　どうして」

「そもそも、こんなところで寝ているからって言われたら、それは否定しない。パッと見、僕もしじゃもみたいだな——って思ったから。智也くんが面白がって、つい撮ったんだとしても、景色やご飯を取る感覚でやったんだろうなって思う。でもね、写真や動画は本人に無許可で撮っていいものじゃないんだ。ましてや、本人が見たら恥ずかしそうなものは、特に駄目だと思うからさ」

士郎は、智也が何気なくやったことだと思ったので、特に強くは出なかった。

むしろ、自分がしじゃもに見えたくらいなので、そこは理解している旨も伝えた。

充功たちからすれば、眉間に皺が寄りそうな言われようだが、それでも士郎自身は智也に対して、かなりやんわりとした言い回しで頼んだ。

ここで充功や佐竹が「お前。何、勝手に撮ってんだよ」などと言い出したら、脅しになりかねないからだ。

「——別に。そんな、大げさな。なんか、平和でいいな——って思ったから、撮りたくなっただけだよ」

しかし、ここで智也が渋った。

士郎を見ているから、気付いてないのかもしれないが、すぐに削除しないので、佐竹たちの顔つきが変わり始めている。

「うん。だから、知らなかったってことでしょう。でもね、人には肖像権っていうものがあって、本人の許可無く勝手に撮ったら、それは盗撮ってことになるんだ。ようは、盗み撮りってこと。こう言えば、悪いことだってわかるよね」

「わかるよな。俺は許してねぇから、消せ」

とうとう七生を抱えた充功が、士郎を援護するように、ぼそっと告げた。

「――っ、はい」

さすがに相手が悪い。

しかも、撮られた本人から言われたことで、智也は今一度スマートフォンを取り出して、画面を操作し始めた。

一応、士郎も操作をのぞき込み、撮っていた動画を削除するのを見届ける。

「契約している会社のサーバーやドライブに自動転送されている分もあるでしょう」

「あ、うん」

「それもお願いね」

「わかった」

疑り深い奴だ――と思われるだろうが、仕方がない。

後先を考えずに、オモシロ動画や画像などでSNSなどにアップされ、拡散でもされたら取り消すことができない。

ネット問題で巻き込まれたときの面倒くささは、すでにオンラインゲームのときに味わった。

自分が知らないところで〝はにほへたろう〟の名前を使われただけで、リアルの自分が偽物退治をする羽目(はめ)になり、最後は颯太郎に同伴を頼んで警察へ相談しにいくことにもなったのだ。

用心するに越したことはない。

「これでいい？」

そう言うと、智也はいったんスマートフォンごと士郎に寄こしてきた。

士郎は左手一本だったが、一応操作し、確認させてもらう。

「ありがとう」

「じゃ、これで」

「うん。またね」

そうして智也は、その場から走り去って行った。

いつの間にか緊張感が漂っていたのか、どこからともなく気が抜けたような「はぁ」という溜め息が漏れる。

「あぶねぇ～。危うくネタにされるところだったな」

だが、智也の姿が見えなくなったところで、沢田が発した。

「ネタ？」

「あいつ、前にうちのばあちゃんがアップした狸動画でバズったのを知って、一緒に野良狸の撮影をさせてほしいって言ってきたことがあるんだ。なんでも、将来はユーチューバーになりたいから、今から動画アップして、有名になりたいんだって」

七生を抱いた充功が何の気なしに聞き返すと、これこそ想像もしていなかった事実が返ってきた。

「ユーチューバー⁉」

これには充功たちも驚く。

（――え、そうしたら、確信犯だったってこと？）

士郎からすれば、気を遣った分、何か騙されたような気持ちになった。

5

終わり良ければすべてよし――などと言うが、士郎にとってのオフライン塾の初日は、ちょっと嫌な気分で閉じることになった。

「将来はユーチューバーになりたいから、今から動画アップして、有名になりたいんだって」

「ユーチューバー⁉」

「それってもう、動画配信とか開始してるのか？」

驚く充功に続けて声を上げた佐竹が、すかさずズボンのポケットからスマートフォンを取り出した。

「してると思う。本人は、まだお試し新人ですとか笑ってたけど、何度かバズったこともあるから、この波に乗ってチャンネル登録者を増やしたいとも言ってたし」

「あ？　何でバズったのかしらねぇけど、今日みたいな盗み撮りだったら最悪だな。で、チャンネル名とかアドレスはわかるのか？」

利き手一つで検索画面を開く。

そんな佐竹の隣に回って、充功がスマートフォンを覗き込む。

すっかり眠り込んで目ざめる兆しのない七生で、両手が塞がれているからだ。

「ごめん。そこまでは聞いてなかった。というか、言わなかったんじゃないかと思う。あとからばあちゃんが、せっかくだからチャンネル登録をってスマートフォンを手にしたときに、あらあら聞くの忘れてたわって、笑ってたから」

「――そっか」

現地で智也の活動を追跡できたのは、ここまでだった。

沢田たちの話を聞いていた士郎は、ふっと自由な左手で眼鏡のブリッジを押さえる。

(これって、すでに智也くんが、小学生ユーチューバーをしているってことか。でも、同じクラスにいても、一度としてそういう話は耳にしていないから、本人が秘密にしてい る？　どうせ公表するなら、自慢できる域に達してから？　もしくは、バレないほうが、周りから警戒されないってことで、ずっと隠すつもり？)

だが、あれだけ堂々と充功たちの寝姿を撮っていたので、それに近い内容で話題になったというなら、調べようはある。

士郎は、眼鏡から手を下げながら、とりあえず今夜にでも自身のパソコンで検索してみようと決めた。

本人から「見て」とアドレスを教えられたわけでもないのに、勝手に探してみるのは気が引ける。

普段の士郎なら、むしろ〝我、関せず〟で放っておくだろう。

しかし、智也にはたった今、家族とその友人たちを無許可で撮られたし、先に許可をとるという概念もなさそうだった。

この調子で身近な人間の隠し撮りがネット上にアップされていたら、直ぐにでも削除させなければ大事になりかねない。

智也からすれば「考えすぎ」「そこまで変なモノは撮っていない」かもしれないが、それは彼の価値観であって、人によっては嫌だし困るし、プライバシーの侵害だと言って怒る者だっているだろう。

多少でも人気の出た動画があるなら、尚のこと。仮にネット上で炎上せずとも、バレたら地元で炎上する可能性だってあるのだ。

他人を撮っている限り、裏山から続く自宅の庭――祠(ほこら)の供物(くもつ)目当てで遊びに来た野生の狸(たぬき)を撮って、「野良狸は可愛いね」なんてアップしている、沢田祖母のほのぼの動画とはわけが違う。

――などと考えていると、両脇に樹季と武蔵がやってきた。

様子を見て心配したのか、その背後には大地や星夜もいる。

「沢田さん。あのね。僕たち、ぽんぽこさんが見たいんだけど、今度おばあちゃんにお願いしてもいい？」

「俺もい～い？」

何かと思えば、二人でいきなり首を傾げて、お強請りを始めた。

円らな瞳をキラキラとさせて、相手をジッと見上げれば、必殺必勝の可愛いポーズが炸裂だ。

このあたりは、武蔵も完全に樹季に習っている。

「あ、いいよ。そうだった。この前もそんな話したもんな。今日にでも家へ帰ったら、ばあちゃんに聞いてみるよ。さすがに毎日来ているわけじゃないし、狸も気紛(きまぐ)れだから、必ず会えるとは約束できないけど。でも、夏休みの間に何度か来たら、一度くらいはって思うからさ」

「本当！　ありがとう、沢田さん！」

「やったー!!　俺、ぽんぽこさんで絵日記描くんだ～」

「僕は自由研究にする！　あ、士郎くん。旧町裏山の狸さんのこと、一緒に調べてね！　そしたら士郎くんも発表の宿題ができるよ」

「あ、うん。そうだね」

樹季など、夏休みの宿題に士郎を遣いまくる気満々だ。

つい先日、観察日記を付け始めた自宅庭のアリの巣を、プール遊びの水で大破（たいは）してしまい、アリたちにさっさと引っ越されたからだろう。

おそらく今頃は、隣家に安住の地を見出していると思われるが、向こうには向こうで穴掘り大好きなエリザベスがいるので、保証の限りではないが――。

「そしたら、ばあちゃんに予定を聞いて、都合のいい日がわかったら充功にメールをするから」

「わーい！　ありがとう、沢田さん」

「待ってま～す!!」

こうしてこの場はお開きになり、士郎たちは行き同様、充功の友人たちとともに児童館をあとにした。

ただ、七生が爆睡してしまったこともあり、ここはママの車で来ていた柚希のチャイルドシートと急遽チェンジ。士郎も七生に付き添い同乗させてもらう代わりに、柚希が充功の自転車後部に座って、和気藹々な帰宅となった。

ただし、幼稚園年長さんにして充功狙いだった柚希は、後部席で充功に抱きつけた嬉しさからそのまま発熱。

顔を真っ赤にしながら、寝るまでヘラヘラして、リビングをくるくると踊り回っていたことから、柚希ママにはそうとうな失笑を強（し）いることとなった。

一方、兎田家では――。

「いいよ！　やめてよ、充功！　これくらい自分でやるよ。シャワーだけ浴びるか、ホットタオルで拭くから。あとで髪だけ洗ってくれたら大感謝だから！」

「そんな面倒くせぇことできるかよ。俺が風呂に入れるのは、お前だけじゃねぇんだぞ。七生だっているんだから、いつもみたいに空気読めよ」

「だって！」

「問答無用」

「うわっ!!」

帰宅後、七生を颯太郎に預けて浴槽に湯を張った充功から、士郎は一番風呂ならぬ一番シャワーを強制されていた。

さすがに〝入浴は三日程度控えてね〟と主治医からも言われたが、今は夏だ。身体を拭くか、シャワーで軽く流す程度なら問題ないが、そこは無理せずご家族に手伝って貰ってね――とのことだった。

それもあり、昨夜は颯太郎がホットタオルで身体を拭く程度に留めた。

士郎からすれば、今日もそれでいいし、ホットタオルなら片手作業でも充分いけると思っていた。

それこそタオルだけ用意してもらえれば、寝る前にでもちゃちゃっと――と。

しかし、ここで充功がはりきった。

一日一度は湿布を取り替える。それなら外したときに身体も洗ってシャワーで流せば、タオルで拭うよりもさっぱりする。

だからといって、万が一風呂場で転倒などとなったら、最悪だ。

それで「俺が」となって、士郎を小脇に抱えて脱衣所へ。

さっさと衣類を脱がせて、抵抗する士郎を浴室へ入れ、バスチェアーへ座らせたのだ。

「恥ずかしがってる場合じゃねぇだろう。せっかく双葉が夕飯の支度をしてくれんだから、その間に身綺麗にしておかなかったら、帰宅した寧の手間が増えるだけだ。それとも、父さんを呼ぶか？」

（卑怯者！）

仕事をしている寧や颯太郎の手間になると言われたら、空気を読むまでもなく、士郎は逆らえない。

「よろしくお願いします」

「わかればいいんだよ！」

鬼の首を取ったようにはしゃぐ充功に、シャンプーハットをズボッと付けられる。

「うわっぷっ！」

すぐに頭からシャワーをかけられ、髪と身体をささっと洗われ、再びシャワーをかけられたら、ものの五分もしないで出来上がりだ。

カラスの行水のほうが、まだ長いのでは？　と思わせる。

そして、ここからは患部の手足を気遣いながら、タオルで拭っていくのだが——、「みっちゃん！　拭くのは僕らに任せて！」

「俺たちがお着替えも手伝うよ！」

脱衣所では両手にバスタオルを持った樹季と武蔵が待っていた。

お手伝いがしたい年頃というよりは、たんに士郎の世話がしたくて仕方がないのだろう。

士郎には理解不能なほど、やる気満々だ。

だが、その気持ちは有り難いが、きゃっきゃっしながらやっていたら、士郎のほうが風邪を引きかねない。

充功は武蔵の手からバスタオルだけを受け取ると、それを士郎の動体に巻き付けて、今一度小脇に抱える。

士郎からしたら、悪夢そのものだ。

「いや、お前らは先に風呂へ入れ。せっかく七生が爆睡中なんだから、二人で背中を流しっこしたら、すぐに終わるだろう」

「えー」

「浮き輪を使ってもいいから」

「え!? 本当、みっちゃん！」

「やった！ それいい!! そしたら、いっちゃんと二人で入る！」

「はい、決定。ただし、一時間で出てこいよ。着替えたり、髪を乾かしたりしていたら、すぐに夕飯になるからな」

「「はーい!!」」

そうして樹季と武蔵は、士郎のお世話を諦める代わりに、お風呂での浮き輪遊びを許可された。

（充功も上手いところをつくよな）

もはや、イクメンもお手上げな育児ぶりだった。

飴と鞭の使い分けも絶妙だ。

そうして士郎は、小脇に抱えられたままリビングソファへ下ろされる。

七生だってここまで言いなりにはならないだろうに、全身をよく拭かれて、パジャマを着せられ、ドライヤーで髪まで乾かされたら手足に湿布だ。

「――くっ。七生やエリザベスも真っ青な構われっぷりだな」

キッチンからチョイチョイ様子を見ていた双葉が、声をかけてくる。

「充功が怪我をしたときは、ぜひとも双葉兄さんが同じようにしてあげて」

「了解！」

「は!? なんだよ、それ。普通はお前がご恩返しをするんじゃないのかよ!?」

聞き捨てならないやり取りだったのか、ソファの前に座って足首の包帯を巻いていた充功が、ムッとしながら顔を上げた。

「僕だと軽く三倍返しくらいしちゃうけど、それでもいいの？」

「――。いや、そしたら父さんに頼むわ」

「なんでだよ！ やっぱり充功だって恥ずかしいんだろう！ それをわかってて、僕にこんなこと!!」

「まあまあ、ほらほら。お前は小学生。俺は中学生。もはや恥ずかしい度合いが違うんだよ。さ、フルコース終了だ。あ〜、なんて弟思いのいい兄なんだろうな〜。ついでに武蔵や樹季と遊んでこようっと！」

「充功っ!!」

こうして充功は士郎の全身ケアを済ませると、自分も着替えを用意し、風呂場へ向かった。

「やったー！ みっちゃんも来た!!」

「浮き輪貸してあげるね！」

「おう！」

（やっぱりそうなるか。というか、これを見越しての許可だったりして）

廊下から響いて来た声に、士郎は疲れた笑みを浮かべた。

「あははは。風呂のプール化、なつかしい～っ」

キッチンでは双葉もせっせと夕飯の支度をしている。

どうやら園児を出汁にお風呂ではしゃぐ中学二年生の存在は、当家では珍しいことではないようだ。

（まあ、浮き輪で浮かんでるのは嫌いじゃないから、仕方がないか。ちょっとした瞑想タイムにもなるしな）

士郎もこれは、けっこう好きだったらしい。

――と、玄関からインターホンが鳴った。

「ただいま～」

声と同時に、寧が足早にリビングダイニングまでやってきた。

「お帰り、寧兄。早かったね」

「双葉も、お帰り。あ、夕飯を作ってくれてるんだ。ありがとう」

「お帰りなさい。寧兄さん――っ!!」

「お疲れ、士郎！　今日はどうだった？　何人くらい集まった？　みんな言うこと聞いてくれた？　あ、もうお風呂に入れてもらったんだ。せっかく営業先から直帰させてもらったけど、まあいいか！　士郎のおかげで早く帰って来られてラッキーってことで」

士郎の姿を見るなり、寧は横へ座って鞄を置いたら、両手でハグをして、頭や背中を撫で撫で。さすがにほっぺにチューまではしないが、あちこちらを愛(め)でまくる。

（寧兄さん。一日心配してくれていたのは有り難いけど、仕事でミスとかしていないといいな――）

嬉しいは嬉しいが、それだけに少し心配してしまう。

（けど、充功の横暴にしても、寧兄さんのこれにしても、やっぱり嫌悪感はないもんな）

だが、先ほどのシャワーから恥ずかしいやら照れくさいが続いたことで、寧は雛子の訴(うった)えを思い出した。

士郎からすれば、もとから家庭内のコミュニケーションやスキンシップが激しいので、充功や寧の言動に対しても、嫌な気持ちはまったく起こらない。

しかし、これが顔見知り程度の他人だったら同性でも嫌だし、やはり好き嫌いは生じても仕方がないことだろう。

よく考えれば、雛子と同い年の樹季だって、随分前から「嫌」がはっきりしていた。

普段から「うふふ～」で、ご近所界隈では「天使」「これぞ美少年」と称されるほど愛想のいい樹季だが、そもそも自分から笑いかけられないような相手には近づいて行かない。

仮に相手から来ても絶対に甘えたことは言わないし、一笑だけしてあとはスルーだ。

それこそ、指一本触らせない距離を取るに徹する。

それに気付いた士郎が、不思議に思って一度だけ「今の人は苦手なの？」と聞いたことがある。

〝ううん。今の人は僕のことは、そんなに好きじゃないかなって。僕は僕のことをちゃんと好きな人が好きなだけ〟

〝え？〟

〝だから士郎くんや家の人が一番好き！〟

〝……そう。まあ、そうだよね〟

〝でしょう！〟

至極当然の回答だったが、衝撃を覚えた。

樹季だけに、小難しい言い回しはしないが、それだけにとてもわかりやすい好き嫌いの基準だ。

ただ、樹季に「可愛いね～」「樹季くん大好き！」などと言って声をかけてくる相手のいったいどこを見て、またその相手から何を感じて、こいつの言ってることは嘘くさいなと判断するのだろうか？

この先、今よりもっといろんな言葉や表現を覚えても「なんとなく」としか説明してくれないような気はするが――。

この振り分ける力が、樹季の生まれ持った能力だと言うなら、寧の危機管理能力の高さにも通じるところがあり、今後も大事に育てていくのが正解だろう。

第一に樹季自身の安心なり、安全を考えたら――。

（警戒心か本能か。なんにしても、二年生くらいじゃ上手く説明できなくても不思議はない。ましてや具体的に〝抱っこやキスが嫌〟って言ってるんだから、そこは理解して大人が引かなきゃ――だよな？　別に、おじさんたちの見た目が嫌だから触らないでとか言ったわけじゃないし。あ、でも。そういう意味での嫌だったら、どうしよう……）

ただ、考え出したら切りがないほど「嫌」なパターンは多そうだった。

しかし、今日の雛子の話で士郎が一番引っかかったのは、嫌がっていることを気づけないでいる親族のおじさんたちより、雛子の訴えを聞き流している母親の対応だった。

確かに親戚の中で一人娘が可愛がられていることは、親としては嬉しいだろう。

また、母親からしたら、可愛がりたいおじたちの気持ちもわかるから、この嫌を伝えるのは難しいのかもしれない。

親族仲がいいなら関係性を壊したくないのもあるだろうし、「嫌」も伝え方によっては、相手のおじたちが「せっかく可愛がってやっているのに、なんなんだ！」と、ふてくされないとも限らない。

確かにいろいろ難しい――。

だが、それでも親や大人として一番優先しなければならないのは、子供の喜びや笑顔であって、自身のそれは二の次ではないか？　と、士郎は思う。

ましてや、嫌がる子供に我慢をさせて、愛嬌を振りまいておけと言うなら、それはもう、純粋な親戚付き合いではなく接待だ。

〝それでお尻や胸とかに手が当たった日には、本当最悪！　どんな罰ゲーム？　セクハラ？　ってなる〟

しかも、雛子の「嫌」が、麗子が発した言葉の感覚に近いか同じだというなら、今のうちに愛情表現の仕方を変えてもらわないと、雛子にとってはトラウマになりかねない。

何せ、柴田ほどはっきりとは言わないまでも、彩愛たちも同意していた。

たとえ親戚でも親子でも、生理的に無理なものは無理というときがあるだろうし、こうしたことなら母親のほうがよほど経験上理解ができるのでは？　とは、思うのだが――。

（いや……。でもないか。もし、雛子ちゃんのお母さんが、我が家みたいなところで育っていたら。しかも、同性も異性も関係なく、スキンシップ上等なラブラブ家族の中で育っていたら、まずピンとこない。それどころか、何が嫌なのか理解不能で、今度は我が子の思考がわからないことに、頭を抱える可能性もある）

士郎は、ことがことだけに、当たり障（さわ）りのない説明で理解を得るのは、かなり難しいな

——と感じた。

もちろん、これらは雛子溺愛なおじたちにまったく悪気がなく、おかしな性癖もないというのが大前提だ。

むしろ、そんな隠れ趣味があった日には、親族内の話だけに大変なことになる。

士郎ほど無関係に近い立場であっても、それだけはやめてくれ——と、願うほどだ。

（……でも。これぱかりはある程度理解ができる、想像ができる説明に置き換えてでも、納得してもらわないと駄目だよな。普通に雛子ちゃんの成長過程で起こって不思議のない異性に対する反応の一つだろうし——、ん!?）

すると、ここまで考えたところで、寧が悲しそうに顔を覗き込んでいたことに気がついた。

「どうしたの？　寧兄さん」

「いや、ごめんね士郎。俺が勝手に話しすぎたんでしょう」

どうやら、なかなか返事がもらえないので、不安になったようだ。

これは、しまった！　だ。

「え!?　ううん！　なんか、心配というか、甘やかされすぎて、ちょっと照れてただけ」

士郎は慌てて、そんなことはない！　と笑って見せる。

それを見た寧の表情が、瞬時に変わる。

「そっか～。まあ、士郎ももう十歳だしね。照れちゃうよね」

だが、そう言いつつも、寧のラブラブぎゅ～と頭撫で撫では止まらない。

キッチンからチラチラと様子を窺っていた双葉は、幾度となく吹き出しそうになっていたが、とうとう自分も参加したくなってきたのか、こちらへやってきた。

「へー。そしたらオフライン士郎塾の初日は大成功か。士郎からしたら、ちょっと行き来が大変だけど、やってよかったね」

寧が今日の様子を聞いていると、双葉が士郎を挟むようにして腰を下ろす。

「でもさ、夏休みが始まってまだ間もないのに、ある意味怪奇現象だろうな。率先して宿題をやる子たちが、そんなにいるって！」

「確かにね」

――などと言って。寧と相槌を打ちながら、結局は士郎の頭や背中を撫で撫で。

似たもの兄弟の溺愛ぶりに、士郎はやっぱり嬉し恥ずかしで、くすぐったい思いをするばかりだ。

と、ここで隣家からエリザベスの遠吠えが聞こえた。

「あ、エリザベスが鳴いてる」

「今日は午後から遊べなかったから、寂しかったのかもよ」

「そっか。いつも休みは、一日中遊べるもんね」

双葉と寧が何の気なしに口にする。

だが、これを聞いた士郎は、内心驚いた。

(――え、当たってる。すごいな寧兄さんも。七生みたいに生まれたときから、四六時中一緒に居たわけでもないのに。まあ、ここは鳴き声を聞き分けているというよりは、今日のエリザベスの立場で考えたら――ってことなんだろうけど。でも、さらっと犬の立場になって、気持ちを考えて。しかも、当てるって、やっぱりすごいことだよな)

今の士郎がエリザベスの鳴き声で、ある程度の心情や言い分が理解できるのは、専用のワンワン翻訳機を作る過程や、また作ってからの使用期間で、聞き分けることを覚えたからだ。

しかし、これは士郎が自身の持つ超記憶力を駆使(くし)して、真剣に覚えようとして記憶したことであって、決して日常の中で何気なく〝こうだろう〟と想像したり、自身の都合で解釈したりしたことではない。

そうした経緯があるからこそ、士郎は思い付きとはいえ、「寂しい」「遊び足りない」と鳴いていたエリザベスの訴えを汲み取る寧が、すごいとしか言いようがなかった。

(寧兄さんの思いやりというか、優しさのなせる技なんだろうけど――)

だが、こうして寧のように、他を思いやる気持ちこそが、今の雛子が抱える問題には必要な気がした。

元々仲のよい親族同士の話ならば、尚のこと。

今とはちょっとだけ違う角度で相手を見る、相手の気持ちを思いやることで、解決するのではないだろうか？　と思えて――。

＊＊＊

寧が早めの帰宅だったこともあり、今夜は家族全員が揃った夕飯となった。

これだけでダイニングがパッと明るくなったように感じ、実際ちびっ子たちの笑顔は、いつもの三割増しだった。

食事中は、誰彼ともなく今日の出来事を話し、それをみんなで聞きながら、樹季たちはわかってもわからなくても、うんうんと頷いている。

また、食後は双葉と充功が率先してリビングで子守をしてくれたので、颯太郎は仕事に戻り、寧は夕飯の片付け、士郎は明日からの時間割作りに没頭することができた。

一週間限定のオフライン士郎塾。

期間は士郎の完治を目処にしたが、実際は怪我から二日目の水曜スタートで一週間と謳った上に、途中で土日も入る。

そう考えると、実質来週の木曜日まで児童館に通って七日間（七回）とするほうが、誤解もないだろう――と思い、対応時間と内容を振り分けた。

（同級生に一時間、下級生に一時間、上級生に一時間。三クラス設定で基本は各四教科。一クラス一日二教科の範囲指定で質問対応、一日おきに各三十分フリータイムを設けておけば、多少のズレは解消できるかな？　足りない子たちには、後日メール対応するよってことで、理解してもらおう。せっかくやる気になっているし）

各学年の基本的な宿題範囲と、それ以外に苦手な過去範囲に対応できるよう、カリキュラムを組んだ。

たとえば、今日の〝何がわからないのか、わからない〟六年生たちには、下級生の時間まで含めて士郎の前にいてくれれば、一緒に進めていくことができる。

年下の子たちと一緒では恥ずかしい――になるかもしれないが。

そこはもう、おそらく前を忘れている、理解していないのは彼らだけではないはず！

これを機にやり直したい子は、学年に関係なく、応答範囲で選んで僕のところへ来てね！　で、統一をした。

むしろ、高学年のほうが、前の授業を忘れているだろうから、思い出しに来てね！　まで添えて、やる気を出してくれた六年生たちのフォローに当たることにした。

そうして、マウスと片手打ちで作り上げた時間割を颯太郎のアドレスへ送信する。

プリントアウトをお願いし、了解の返事をもらったときには、すでに九時近かった。

「それじゃあ、今夜はもう寝ようか」

「はーい」

「おやすみなさ～い」

寧が声をかけると、樹季も武蔵もこれに従った。

七生はすでにリビングのソファで突っ伏して寝ており、ここは双葉が抱えて「父さんのところへ連れて行くね」と運んでいく。

だが、士郎にはまだやることがあった。

智也が実際どんな動画をアップしているのか、確認することだ。

「あ、樹季。僕はまだ調べ物があるから、先に武蔵と一緒に寝ておいてくれる？」

「士郎くん、まだお勉強？」

「うん。そうだよ」

「わ、大変。頑張ってね。武蔵、いい子で寝るんだよ」

「いっちゃんもね！」

「えへへへ～」

日中、児童館へも行っているので、二人も眠かったのだろう。

特に士郎も一緒じゃなきゃ――というような駄々はこねずに、二階へ上がっていった。

それを見送ると、寧も「じゃあ」とお風呂へ。

リビングには士郎と充功だけが残る。

「何？　例のユーチューバーのチャンネル探しか？」

パソコンデスクに向かい続ける士郎の脇に、充功が立った。

「うん。ちょっと気になるから」

「そしたら、ノーパソを持って俺の部屋へ来れば？　もしくは、俺のスマートフォンを貸すよ。片手操作なら、そのほうがいいだろうし――。何より、検索に時間がかかっても、寧に気を遣わなくて済む」

「あ、そっか。そしたら、お願いしようかな」

「了解」

目的を理解していたためか、すんなり話が進む。

確かに、お風呂上がりの寧にだってやることがあるだろうし、そのまま寝るにしても、自室が和室だ。

リビングでゴソゴソされたら、やはり気を遣うだろう。

今日の充功は、完璧な気配り王子だ。

「ほら」

ただし、パソコンの電源を落とした士郎に屈んで背中を向けたのは、からかう気満々だ。

完全に七生や武蔵扱いだ。

「いや、歩けるから。肩だけ貸してもらえたら」

「ちっ！　せっかくだからサービスしてやろうと思ったのに」

「もう、充分だよ」

そうして、軽く小競り合いながらも、士郎は充功に手を借り、二階へ上がった。

充功には子供部屋へ寄って、自分の勉強机からノートパソコンを持ってきてもらう。

「本当にノーパソでいいのか？」

「うん。このさいだから、キーボードの片手操作ができるようになっておくのも、悪くないかなと思って。こっちは自分専用だから、片手打ち用に設定も変更できるしね」

充功の勉強机を借りて、ノートパソコンを立ち上げる。

もともとパソコンを組み立てられる、ハード、ソフトの何れにも詳しい士郎だけに、普段からキーパンチも早く、充功の目から見てもその操作ぶりは「すげー」と思う。

だが、これが片手操作になると、もはや異次元だ。

同じ作業を片手でこなし、なおかつ徐々にスピードアップしていく様は、我が弟ながら超人だなと感心するばかりだ。

「で、検索ワードは？」

充功も自分のベッドへ腰掛けると、スマートフォンを取り出した。

「そっちは僕が当たってみるから、充功は沢田さんからお祖母ちゃんのチャンネルアドレスを聞いて、チェックしてみて。もしかしたら、それっぽいコメントとか送っている可能性もあるし。これから登録者数を増やしていきたいなら、自分のチャンネルアドレスのリンクとか貼っているかもしれないでしょう」

「了解。ぽんぽこアドレスは、もう送ってもらってるから、見てみるわ」

「よろしく」

士郎は、この場で分担を決めて、充功にも手伝ってもらう。

（とりあえず、ここ一週間から十日の間に動画をアップしている小学生ユーチューバー。身近な出来事。地域なんかで絞ってみるか？）

ある意味、雲を掴むような話だが、今現在知りうる条件を入力していき、それらしい投稿者がいないかを探していく。

頼りは動画内容、作者名、タイトルの付け方や説明・紹介文の書き方だ。

とはいえ、普段からそこまで親しくもない同級生だけに、意識して彼の話し方や癖などを思い出そうとしても、これという特徴が浮かばない。

オンライン士郎塾に参加していた当時のメールのやり取りや、文章問題の回答で見た言葉選びなども思い起こすが、一目でわかるような個性的な言い回しもなかった。

では、句読点の使い方や文の長さ、頻出語（ひんしゅつご）などの癖は？

そう思ったところで、士郎が智也作の長文に触れたのは、二年生の国語の授業で読み上げた、作文くらいだ。

記憶を遡って思い出したとしても、まったく参考にならない。

仕方がないので、智也本人とは切り離して、客観的に見てみる。

（あとは――、撮って編集、アップするなら、夏休みに入ってからのほうが、断然時間はある。けど、その前に撮っていたものとかなら、先日の避難所生活体験とか、どうだろう？　さすがに、どこでもやっているような行事ではないから、身バレに繋がる？　けど、他人を撮っているだけなら、気にしてない可能性もあるしな――）

アップされている動画の題材やテーマのほうに注意し、なおかつ自然に再生数が伸びそうな事件や出来事が最近あったかを思い浮かべる。

と、ここで充功がベッドから立ち上がった。

「士郎。ぽんぽこ動画は、ほぼ地元老人会の交流サイトになってる。はたから見たら誰のことやらっていうやり取りばっかだけど、俺等が見たら大体わかりそうな実名あだ名のハンドルネームだらけだ。ここに自身の宣伝リンクは、逆に身バレしそうな気がする。あいつの投稿が盗撮動画じゃないなら、普通に書き込むかもしれないが。そうでないなら、避ける気がする」

ざっくり目を通したところで、これはないと思ったのだろう。

確かに〝ほぼ地元老人会サイト〟状態のところに、盗撮メインのチャンネルリンクは貼れないだろう。

沢田の祖母ではないが、それなら私もとリンク先へ飛んで、この前はコメントありがとう——などになりかねない。

そもそも彼女や動画に集まっているご近所さんたちは、そうした交流込みで狸動画を楽しんでいるのだろうから。

「そうか」

「そもそも直接自己紹介をしてるのに、沢田のばあちゃんにアドレスも教えてねぇしな」

「——だね。でも、そうしたら……。あ、そうだ！」

ただ、充功と話をしているうちに、士郎はフッと気付いた。

「何かヒットしたのか？」

「ううん。これから検索。僕、児童館で智也くんのスマートフォンを確認させてもらったでしょう。で、ドライブの中にファイルがあって、そこに付けられていた名前と日付で、それっぽいものが出てこないかな？　って」

今一度検索ワードを入力し、ヒットした動画のタイトルや投稿者の名前を見ていく。

「——あ、なるほど。ってか、相変わらず見たまま覚えてるんだな」

「良し悪しだけどね」

そうは言っても、ありがちな内容だ。

ただ〝ｋｅｎｋａ（ケンカ）〟と付けられていたファイル名そのものも、士郎は気になった。

自分の喧嘩動画は考えづらい。

そうなると、他人の喧嘩を盗撮したものになってしまうが――。

「あったか？」

「うーん。同じキーワードでヒットした動画が、思った以上にある」

「本人がバズったって言うんだから、それ相応に再生されてるんじゃないのか？　まあ、新人ユーチューバーの言うバズりが、どれほどのものなのかって考えると、かえって悩みそうだが」

「――確かに。あ、でもこれ……。確実に子供がアップしたって、わかるやつだ」

そうして、士郎はそれらしい動画を目にとめた。

「どれ？　両親の喧嘩――もういやだ――!?」

ストレートなタイトルで、投稿者名はＮＩＮＥ（ナイン）。

これが智也なら、九智也の九をもじっているだけなので、意外とそのままだ。

だが、士郎からすると、とっても小学生らしい発想だ。

変な話だが、ちょっと安心してしまった。

〝また、出張なのか！　いい加減にしろよ〟

〝しょうがないでしょう。仕事だって言ってるじゃない〟

しかし、いざ動画を再生してみると、それは無料配布か何かの幾何学的な模様が変化していく動画に、両親の声が合成されているだけの、音声録音に近いものだった。

〝――も居るのに、俺だって仕事があるんだぞ〟

〝そんなのわかってるわよ。でも、あなたは臨時雇用なんだから、どうにでもなるでしょう。だいたい、――が心配なら、家に居てよ。私の稼ぎだけでも、問題ないでしょう？〟

〝そういうことじゃないだろう。まだまだ母親が必要な年頃なんだぞ〟

ただ、聞き始めて直ぐに、士郎は唖然としてしまった。

充功など、完全に苦笑いを浮かべている。

〝世の中には父親しかいなくても、立派に育っている子供はたくさんいるわよ。身近にだって、お手本になるような子たちがいるでしょう。あなたこそ、――さんを見習ったら？元から自宅仕事とはいえ、奥さんが他界したあとでも、あんなにたくさんの子たちを立派に育てて。それこそ、家事も育児も仕事も言うことなしじゃない！　やればできるって、こういうことでしょう〟

〝そんなの、俺だって！〟

しかも、話の流れに驚き、士郎は思わず充功のほうを振り返った。

充功はグッと唇を噛み締めている。

〝俺だって？　好きな仕事を続けていれば、――さんみたいな理想の父親になっていたっ果が今の職場でしょう。いい加減に現実を受け入れてよ〟

ことに時間ばかりを費やして、滅多に家にも帰れない。その上、成果も上がらなくて、結

て言いたいの？　それ、まったく比較にならないから。そもそも大した稼ぎにもならない

〝……〟

夫婦の会話は、ますます赤裸々になっていった。

〝とにかく！　打ち合わせの時間があるんだから、もう行くわ。言っておくけど、私だっ

て想定外の妊娠出産で、いっときは最前線から退いたのよ。現場復帰してから、必死で元

の地位に、そして今の地位にまではい上がったの〟

子供からすれば、これが日常茶飯事だとしたら、たまったものではない。

もしかしたら、両親側は子供と距離を置くか、隠すようにして話をしているのかもしれ

ないが、結果としてバレているし、世間にまでバラされている。

〝それに、あなただって、私の稼ぎで生活を支えられて、ここまで来てるのよ。資格をと

って、今の仕事ができているんだから、――の面倒くらいしっかり見てよ。今こそ、私を

支える側に回ったって、それこそお互い様でしょう〟

〝……ごめん。そうだな〟

ただ、それでも最後は父親が謝った。

〝いいえ……。私も、言い過ぎたわ。それじゃあ、行ってきます〟

言葉だけかもしれないし、心からかもしれないが、それは母親も同じだった。

〝ああ。気をつけて。いってらっしゃい〟

〝ありがとう〟

妻を見送るところで夫婦喧嘩動画は終わった。

動画説明の部分には、本人からの一言として、

〝こんなの配信してごめんなさい。でも、もしも共感できる子がいたら、コメント交換してください〟

とだけ書かれており、コメント欄には千を超える共感や応援の言葉が寄せられていた。

再生回数も十万を超えている。

「えっと——。これさ、内容だけで聞くと、勝手にうちのことが引き合いに出されてるよな？」

これしか言葉が出てこなかったのだろうが、充功がぼやく。

「ボイスチェンジャーがかかってるし、名前や苗字もピーされているけど、三人や四人の子供でなら〝あんなにたくさん〟とは言わないだろうし、父さんの条件まで合わせたら、そうとう確率は高いね」

士郎もまずは、身近なところから、この動画内容を理解していくことにした。

「それを言うなら、うちのことじゃない確率のほうが、そうとう低いってほうがしっくり

くるな」

「――そうとも言うね。けど、これだけじゃ断定はできないから、他のも確認したり、コメント欄をチェックしたりして、確率を再計算かな」

　制作者名まで合わせてみたら、間違いはないと思う。

　しかし、この内容のものがボロボロ投稿されていたらと考えたら、むしろ他人のそら似か人違いであってくれ――と、願わずにいられなくなってきた。

　それなのに、士郎が改めてＮＩＮＥの投稿画像をチェックしていくと、見慣れた子たちが出てきてしまった。

「……あ、これ裏山のカラスと茶トラだ。和んでるのも第一公園のベンチだし、やっぱり智也くんのチャンネルで、ほぼ確定だった」

　ガックリと肩が落ちる。

「――は？　いきなり確定かよ。むしろ、どこにでもありそうな光景じゃね？」

　これには充功も、そんな馬鹿な!?　と、画面を覗き込んできた。

　士郎が動画のサムネイルを拡大し、指を差す。

「ベンチを含む背景はね。でも、カラスと茶トラが一緒に寛いでいるなんて、そうそうないよ。それに、この子たちうちによく来ている子たちで間違いない。二匹の大きさの比率から茶トラ模様まで完全に一致してる」

士郎の脳内では、同時にカラスと茶トラの姿が思い起こされ、今見ている画像と重ね合わせられていた。

すると、否定の余地がないほど、ぴったり填まってしまったのだからどうしようもない。

ＮＩＮＥは九智也だろうし、夫婦喧嘩や家庭内の力関係までもが赤裸々配信されているのは、彼の両親だ。

「それこそ地元に、こんなことをしでかす小学生か中学生が、智也の他にもいない限り。

「そっか。けど、そうしたら智也のやつ、家族をネタにしやがったのか」

言うと同時に、充功が鼻息を荒くした。

智也の〝もういやだ〟という気持ちはわかる。

だが、それでも両親の恥を世間に晒す行為が、理解できなかったのだろう。

そこは士郎も本来なら、充功と同じだ。

ただ、士郎はそこから一歩先を考える。

「どうしてこれを上げようと思ったのか——。最初のきっかけは親への鬱憤とか、寂しさとか、なんとなく吐露したくて——とか、いろいろ考えられる。けど、これのあとに何作かシリーズっぽく上がっているのを見たら、二回目からはこれはウケる。同情を引く。再生回数が稼げるって、承知で上げたんだとは思うから、一番問題なのはそこかな」

自身の価値観とは別に、客観的に見たときにありえそうなパターンを推測していく。

そして、今の智也が何をしたいのか、これからどうしたいのかを想像しつつ、今一度アップされている動画とタイトルをざっと見ていく。

「こういう形で承認欲求が満たされるって知ってしまうと、周りのトラブルすべてが再生数を上げてくれるネタにしか見えなくなってくる。たぶん、狸動画みたいに、誰も不幸にしないような動画で、圧倒的に再生記録を上塗りしない限り、智也くん自身もチャンネルの方向性も、歪（ゆが）んだままになっちゃうと思うんだよね」

見れば、智也が動画投稿を始めたのは、狸動画が配信されて人気が出てから、ひと月後。丁度、ゴールデンウイークのあとぐらいだった。

偶然見つけたか何かで、感化されて始めたと思っても不思議はない。

そして、夫婦喧嘩の最初の動画アップは、ひと月前からだ。

そこから二週間のうちに、三本続けて似たような夫婦喧嘩がアップされているようだが、さすがに再生回数に比例して、「両親を晒すなんて！」という否定的なコメントや、説教じみたコメントも増えてきた。

そのためか、再びカラスの動画を上げている。

沢田の祖母を訪ねたのも、この頃だと推測できるので、本人にも迷いや、ネットで否定される怖さはあるのだろう。

だが、それより何より士郎が重んじたのは、やはり最初の動画投稿だ。

「でも、初投稿はカラスと茶トラの動画なんだよ。そして、今もまだ狸動画をっていう発想が残っているなら、軌道修正は充分可能だと思うんだ」

智也が〝いいな〟と感じてやり始めたものが、こうした自然や動物の姿を撮ったものなら、士郎はそこへ戻るのが本人にとっても一番いいのではないか？　と考えた。

「どんなに言い争っても、一応は謝り合える。出がけには、気をつけて、いってらっしゃい。ありがとうって言える両親の子なんだし——。僕は、将来ユーチューバーになりたいっていう気持ち自体は、悪いことじゃないって思うから」

6

　昨夜は、これまでにアップされていた動画と、それに寄せられたコメント、また智也の返信を読むうちに、すっかり夜更かしをしてしまった。

　しかし、翌朝はまだ木曜日。平日の朝とあって、本来ならば寧と双葉が率先して洗顔などの補助をしてくれる。

　だが、なぜか士郎が目覚めたときには、十時を過ぎていた。

（え？　完全に寝坊⁉　寧兄さんや双葉兄さんは？　充功は――⁉）

　どうやら充功が寝る前に、颯太郎や寧、双葉に一斉メールを送って、士郎の寝坊を宣言していたようだ。

　見れば目覚まし時計は解除されており、〝起きたら知らせろ〟というメモ書きが貼られている。

「ふふっ。おはよう、士郎くん」

「しろちゃん。おはよ」

「しっちゃ、おっはーっ！」

しかも目を開くと、そそっとよってきた弟たちが、顔を覗き込んできた。

何やら三方を囲んで、七生がまた聴診器を首からかけている。

(今度は勝手に入院ごっことかされていたんだろうか？)

起こすこともなく、静かに見守ってくれていたのは嬉しいが、寝顔を見ながら何をニヨニヨしていたのかが気になり、心穏やかではいられない。

「あのね、あのね。沢田さんが、おばあちゃんに聞いてくれて、みっちゃんにメールが来たの。よかったら、日曜日にみんなで遊びにおいでって」

すると、樹季が嬉しそうに報告をしてきた。

「お庭にお供え物を出すから、ぽんぽこさんが食べに来るかもしれないよって！」

「来なかったらごめんねって。でも、いっぱいご飯やおやつを用意しておくから、ピクニックはできるからね、だって。士郎くん。今度は、ぽんぽこピクニックだよ！」

「うんまよ〜っ」

武蔵が続き、更に完璧なフォローがされていることを樹季が補足し、七生にいたっては ご飯で頭がいっぱいだ。

「あ……。かえって、申し訳ないことになってるね」

「お父さんと寧くんが、そしたら土曜日にお買い物へ行って、またいっぱいお弁当を作ろうねって！　沢田さんのおばちゃんからもお電話があって、お父さんやエリザベスたちもご招待されたから、みんな一緒だよ」

「みっちゃんのお友達も来るって！　沢田さんとこのお庭は広いから、いっぱい集まれるんだって！」

「やっちゃ～!!」

ちょっと寝すごしている間に、一大イベントが決まっている。

それも、隣家や充功の友人たちまでまき込んでのぽんぽこピクニックだ。

（——え。いや、そんなに人が集まったら、逆に狸は出てこないんじゃ？）

こうなると、狸は集合のきっかけに過ぎない気はしたが、この分だと沢田家でも勢いづいてしまったんだろう。

庭が広いというよりは、自宅裏が小高い山で、敷地内に先祖代々から祠——各戸屋敷神——があるくらいなので、せっかくだからエリザベスやおばあちゃんたちにも声をかけましょう！　と。

そもそも沢田祖母と親しいのは、兎田家よりも隣家の亀山（かめやま）夫妻のほうだし、今の時点で颯太郎たちがお弁当持参を決めているなら、ここは大人同士の取り決めに従うまでと、士郎も納得をする。

（あ、せっかくだから、沢田さん経由で智也くんに声をかけてもらうのもありかな？　昨日のことがあるから、僕が一緒だと避けられる可能性はあるけど――。もしかしたら、来るかもしれないし。直接話す機会があれば、実際本人がどういうつもりで活動しているのか、教えてくれるかもしれない。ほのぼの系に戻るのであれば、僕にも少しくらいは手伝えることがあるだろうし）

土曜日が買い出しで、日曜日がぽんぽこピクニックとなったことから、昨日のうちに児童館での予定を決めていてよかったと思う。

昨夜のうちに、オンライン士郎塾利用者には、会員制ブログにスケジュールを乗せて更新しているし、それ以外の当日参加者用には、颯太郎に頼んでプリント版を用意してもらっていた。

すでに児童館の掲示板にも貼ってもらえるように、昨日の帰りがけに頼んでいるし、あとは自由参加なので、参加するしないは当人にお任せだ。

状況を聞きつけた晴真や優音などの部活動者からは、部活がない日に都合が良ければやってほしいというリクエストメールが来ていたが、これに関しては「怪我が治ったら検討してみるね」で、いったん保留した。

そうは言っても、夏休みの最終三日間は、毎年晴真の宿題に付き合っているので、それを考えたら前倒しで片付けるには、いいかもしれない。

部活のスケジュールにもよるが、ここは引き受ける方向で考えていた。

（なんにしても、今週もあっと言う間に過ぎそうだな）

右手右足が使えない割に、やることが増えている気はしたが――。


士郎たちは昼過ぎまでゆっくり過ごして、午後から昨日同様、児童館へ行った。

自転車を出してくれる充功とその友人たちの付き合いの良さにも感謝だが、今日の七生当番は大地の母親だ。

父親が病死しているため、シングルマザーで正社員勤めという彼女だけに、せっかくの休日に子守を頼むのは、ただただ申し訳ない――と、士郎は思った。

しかし、そもそも大地の母は、本日の子守権利を抽選で勝ち取った猛者（もさ）だ。

いつの間にか仲良くなっている星夜の母親までちゃっかり同伴で、七生のオムツ尻に懐かしさを覚えつつ、息子たちの勉強ぶりを覗き見する気満々だった。

「まだ、一時までは間があるな」

「すぐに集まってくるとは思うけどね」

そうして到着後、最初にするのは児童館入り口付近にある受付での記帳だ。

士郎がここを借りることにしたのは、出入りする子供の記録が義務づけられており、仮に自分が対面していなくても、誰が来て帰ったのか児童館側で把握ができるから。

また、急用などで保護者から問い合わせがあっても、まずは職員を通す形になるので、間違いがないだろうと考えたからだ。

ただ、職員には手間をかけてしまうので、それで先に颯太郎が断りを入れた。

児童館側としては、通常業務と何ら変わるわけではないので、「お気になさらずに」だったが、ここは処世術だ。

七生当番の母親たちにしても、参加者保護者を代表して、来たと同時に職員さんたちへ挨拶やちょっとしたお菓子の差し入れをしてくれている。

(みんなが気を遣い合ってくれて、ありがたいな。何だかんだで、樹季や武蔵のことは、充功たちが見ていてくれるし。七生も大地くんのお母さんが見ていてくれる。よし！　今日も頑張ろう!!)

士郎は、こうした大人たちの配慮にも感謝しつつ、持参してきた教科書などをプレイルームの机に広げはじめた。

随分片手作業にも慣れてきたのが、自分でもわかる。

すると、急に手元が暗くなった。

「ごめん」

「士郎くん」

「ちょっと、話を聞いて」

（え!?）

何かと思い顔を上げると、前に立っていたのは彩愛と紀子、三奈の三人きりだった。

ここに麗子がいないことと、何か関係があるのだろうか？

そんなことを思いながら、士郎は一応聞いてみる。

「何？　どうかしたの？」

「あのね……」

ただ、いざ話を聞いてみると、内容は麗子に絡むだけでは留まらなかった。

「え？　そしたら昨日の帰りに、みんなで雛子ちゃんと一緒に家へ行ったの？　それで、お母さんに全部話したの？」

「――うん」

ようは、士郎たちが帰ったあとも、彼女たちは雛子と一緒に〝嫌なものは嫌だもんね〟で盛り上がったらしいのだが――。

〝そしたら、私たちがお母さんに説明してあげようよ〟

〝本当？〟

〝そうだね。こういう話は女の子同士のがわかるもんね〟

〝いいの？〟

〝うん。いいよ。きっとわかってくれるよ！〟

〝ありがとう！〟

勢いからこうした話になり、そのとき用事があった三奈を除いて、狸塚家へ向かったのだ。

ただ、いざ母親に会って説明をするも、雛子が言うように聞き流されてしまった。

〝え？ 何言ってるの、あなたたち。うちは、みんな雛子が可愛いだけよ。そんな注意、必要ないから。やだわ――、もう〟

一応、最初は「雛子ちゃんも大きくなってきたし、もうおじさんたちからの抱っこやチューは恥ずかしいみたい」「おばさんから、おじさんたちに注意してあげて」などと、やんわり説明したそうだ。

しかし、これではまったく通じない。

そもそも、この手の話は取り合う気もないのだと思えたことから、麗子がはっきりと言ったというのだ。

〝どうしておばさんは、雛子ちゃんが嫌だって言ってるのに、そうやって笑ってるんですか？ 相手のおじさんが本当はロリコンとかだったら、どうするんです？〟

〝は!? なんですって？〟

〝それに、本人が嫌がっているのに無理に抱っこしたり、チュウしたりってセクハラでしょう！　もしこれが、学校の先生にされたことだったら、テレビで騒がれるくらい大問題になるでしょう!?〟

士郎が聞いても、そうとうド・ストレートな言い方だった。

しかし、他に言いようがあるかと聞かれたら、これはこれで難しい。

学校の先生に置き換える例えにしても、的確だ。

ただ、これを聞いた雛子の母親は形相を変えて、憤怒した。

〝あなた、うちの家族に向かって。なんてことを言うの！　子供の癖して、ませすぎよ。普段からテレビやネットで悪い情報ばかり見ているから、そんないやらしい発想になるのよ！　親御さんはどういう躾をしているのかしら〟

話の成り行きとはいえ、麗子を責めた。

だが、もともと気丈なところのある麗子は、怯まなかった。

むしろ、親のことまで言われて、いっそう荒ぶってしまったのだ。

〝いやらしいって――。そんなの、嫌がる子に抱っこをしたりチュウをするほうが、よっぽど、いやらしいでしょう！　おばさん、自分の子供がされてることの意味が、わかってるの!?〟

〝わかってるわよ!!　うちの雛子は親族の中でも一番愛されてるの。ただ、それだけよ。雛子だって、ちゃんとわかってるでしょう！〟

すると、母親は根本から問題がないことを証明したかったのか、話を雛子に振った。

〝え⁉〟

〝こんな、言いがかり。おじさんたちに可愛がってもらえなくなってもいいの？　雛子だって、おじさんたちのことは大好きでしょう？　それとも本当は嫌いだったの⁉〟

〝……えっ〟

彩愛や紀子から見ても、この状況で雛子が「嫌（いや）」を貫くのは、難しいと思った。

そもそも雛子は最初から「おじさんたちが嫌い」だとは言っていない。

これさえなければいいのに――という感覚で話していた。

自分を可愛がってくれてる相手だという認識があるところで、好きか嫌いかで聞かれたら「好き」と答えるしかないだろう。

そうでなくても、雛子はまだ小学二年生だ。

普通に話して母親を納得させられるなら、何も士郎たちの前で愚痴ったりはしていなかっただろうし、こうして麗子たちに代弁してもらうこともない。

〝どうなの！〟

〝それは。おじさんたちのことは好きだよ〟

〝ほら、みなさい！〟

〝雛子ちゃん。好きと嫌なことは別でしょう？　好きだからこそ、やめてほしいんじゃないの?〟

　麗子もそれがわかっていたからか、その後も雛子には優しく聞いていた。

　しかし、すっかり萎縮した雛子は、それきり口を噤んでしまい——。

〝いい加減にして！　あなたの親族と一緒にしないでよ〟

〝は!?　うちには小学生にもなった子に、そんなことするおじさんたちなんかいないわよ！〟

〝単に、可愛がられてないだけじゃないの?〟

〝なんですって！〟

〝とにかく！　もう、うちの子には構わないで。児童館へも行かせませんから！　本当に、なんて失礼な子なのかしら!!〟

　最後は雛子の母親に捲し立てられ、門前払いで扉を閉められた。

〝なんなの、あれ!?〟

〝本当。すごい剣幕だったね〟

〝——うん。あ、私こっちだから。ごめん〟

〝あ、そっか。じゃあ紀子。また明日ね〟

　しかも、紀子と別れ、憤る麗子と彩愛が共に帰宅をすると、家の前では二人の母親が肩を落として待っていた。

すでに、麗子の家へ雛子の母親から苦情電話が入っていたらしく、意味がわからないまま麗子の母親は謝罪しまくり。

それでも事情がいまいち掴めなかったため、彩愛の母親に声をかけて、娘たちの帰りを一緒に待っていたのだ。

〝——え？　どうしてママが謝らなきゃいけないの？〟

〝私のほうが聞きたいわよ。でも、余所(よそ)の家のご家族に、ロリコンだのセクハラだのって言ったって聞いたら、さすがに謝らないわけにはいかないでしょう。もちろん、麗子がそこまで言うって、何かちゃんと理由はあるとは思ったけど——〟

〝ママ……〟

突然のことに驚きつつも、麗子の母親が謝り、お詫(わ)びに窺うことを申し出るも、

〝けっこうです。そんなことより、ご自身の子をきちんと躾けてください！〟

電話をガチャ切りされたという。

ただ、これを聞いた麗子が、彩愛や母親たちが見たことがないほど、ぶち切れた。

〝何が躾よ！　信じらんない!!　だいたい、誰のためにお母さんに言ったと思ってるのよ！　雛子ちゃんがさんざん嫌だって言ってたから。それなのに、あの子！　いざとなったら黙るし。全部こっちが悪いみたいじゃない！〟

〝そんな、怒らないでよ麗子。あの剣幕のお母さんじゃ、雛子ちゃんだって言い返せない

よ。まだ二年生だよ〟

彩愛は咄嗟に、麗子を落ち着かせようとして、雛子を庇った。

〝それに、私たちだって、士郎くんみたいに、上手く言えないじゃん？　説明が悪かったのかもしれないじゃん？〟

さすがに言い過ぎだった気はしたので、それもそのまま口にした。

しかし、これが余計にまずかったようだ。

〝嫌なことを嫌って言うのに、他に言い方なんてないでしょう！　そんなことを言うなら、士郎くんに頼んで説明してもらったらよかったじゃない！　男の子の士郎くんに、女の子の嫌な気持ちがわかるっていうならさ！〟

麗子は怒鳴ると同時に、泣き崩れた。

よほど悔しいのか、腹立たしいのか、癇癪を起こしたのだ。

〝麗子っ！〟

ただ、両手を差し伸べた彩愛を振り払うと、いったん唇を噛み締めて――。

〝……あ、違う。そうじゃない……。こんなの……、士郎くんに頼まなくてよかったって、思わなきゃ……〟

麗子は自分に言い聞かせるようにして呟くと、そのまま自宅へ入っていった。

〝え？　麗子!?〟

〝ほっといて！　もう、本当に最悪。あのおばさんも、いざとなったら何も言わない雛子ちゃんや彩愛たちも信じられない。私、もう児童館へは行かないし、これからは三人で勝手に仲よくやって〟

〝そんな、麗子っ！〟

追い縋った彩愛を無視して、その後は部屋へ閉じこもってしまった。

以後、メールも電話も着信拒否をされてしまい、柴田からは「落ち着くまで待ってあげて」と言われて、今にいたる。

「もう、どうしよう……」

「でも、麗子が怒るのは当たり前だし」

説明しながら泣き崩れてしまった彩愛の肩を抱きながら、紀子もベソをかき始めた。

三奈も、話だけは先に聞いていたのか、黙って俯いている。

「……それは……、どうしようだね」

すると、いつから一緒に聞いていたのか、星夜が辛そうに声を漏らした。

「なんか、ひどい拗れ方しちゃったんだな。柴田の言いたいことは、よくわかる。でも、本気で怒って捲し立ててくる母親相手に、対等かそれ以上に言い返せるのなんて、俺たちじゃ無理だよ。だから、つい士郎の名前を出した浜田の気持ちもすごくわかる。ましてや二年生じゃ、まともに言い返せないもんな」

大地は客観的に見て、少なくとも子供たちは誰も悪くないとした。

こうなると、悪いのはすべて雛子の母親ということになってしまうし、士郎自身も最初は聞く耳を持たない雛子の母親が問題なのだと考えた。

しかし、ここまで話が拗れてくると、なぜそうまでして母親が娘たちの主張よりもおじたちのほうを重視するのかが気になった。

自分がスキンシップ慣れしていて、雛子の主張が大げさだと思っているだけなのか？

内心自分も似たようなことを感じはじめていたところへ、いきなり赤の他人からストレートな言葉で核心を突かれたから逆上したのか？

どんな理由であっても、家内が拗れそうなことは、すべて排除したいのか？

（そもそも雛子ちゃんのお母さんって、どんな感じの人だったっけ？）

士郎はふと、ここ最近で雛子の母親と会ったか、見かけたときのことを思い起こした。

だが、樹季と雛子が同級生とはいえ、特に仲がいいわけでもなければ、親同士に特別交流があるわけでもない。

同じクラスになったのも今年が初めてで、自宅も旧町と新町では町内会も違う。

こうなると、買い物先で偶然会うか、もしくは授業参観か何かで学校へ来ていたときに廊下ですれ違うか、去年の運動会くらいまで遡ることになる。

見かけたときの印象だけで言うなら、雛子によく似た可愛い感じの母親だ。

それもけっこう若い。

おそらくまだ二十代後半で、雛子の父親も同じくらいだろう。

ただ、士郎自身、彼女とは挨拶程度しか交わしたことがないので、その人となりまではわからない。

むしろ、雛子の伯母——本宅に住む長男嫁のほうが、息子二人が双葉や充功と同級生だったこともあり、なんとなく会話した記憶も多かった。

息子たちが都心の中高一貫、それも寮生活になってからは交流がないに等しいが、気さくで、とても面倒見がよい、美しい女性だ。

(でも、雛子ちゃんに嫌って言われているおじさんって、そう考えたら、この伯母さんの旦那さんってことだよな？　家業を継いでいて忙しいのか、ほとんど学校行事には来れていないから、見かけたことがあるのは充功の小学校卒業のときくらい？)

そうして巡りに巡って、士郎は雛子から「好きだけど抱っことチューは嫌！」をされている長男伯父の姿を思い起こした。

だが、卒業式で見かけただけなので、上質なスーツを着込んだ貫禄充分な社長さんといった見た目しか覚えていない。

やはり、双葉と充功が特別仲が良いわけでもなかった同級生の親のこととなると、この程度しかわからないものだ。

ただ、客観的に見るには、自身が知る人柄などの先入観はないほうがいい――とは思った。

（子供が成長過程で覚えた性嫌悪を訴えることは、いやらしいことでもなんでもない。さすがに小学生から、ロリコンやらセクハラって言われると、大人としては引いちゃうのかもしれない。けど、そういう言葉を日常的に子供に聞かせているのは、社会全体だし。普通に生活をしていても覚えてしまう。何より、抱っこを嫌がられている当事者たちに、ロリコンの気が皆無かって言ったら、そんなの本人しかわからないことだもんな――）

士郎は、自分まで半信半疑なのは申し訳ないとわかっていたが、しかし、この手のことは事件になってからでは遅い。

児童性的虐待の相手が身内や身近な他人が多いことは、過去の事例からも証明されているので、こればかりは「そんなことあるはずがない」「ありえない」と、決めつけることができない。

だからといって、ド・ストレートな言葉をぶつけたら、こういうことになってしまう。

大人が子供に言われたことで傷つかない――なんてことはない。

相手が誰であろうと、言われて傷つく、取り返しの付かない言葉はある。

逆を言えば、雛子の母親の場合は自分に向けられたのではなく、身内に言われたからショックを受けるより先に激高したのだろうし。

仮に士郎が「もしかして、お父さんやお兄さんたちって、ショタコンなの？　いくら家族でも可愛がりすぎ。変だよ」などと言われたら、瞬時にプツンとキレるだろう。

だが、ここで樹季や武蔵が「本当はちょっと困ってた」「恥ずかしくなってきた」などと言ったら、状況は雛子と大差がない。

実際、今のところそういうことがなくても、想像や状況判断をする材料にはなる。

士郎からすれば、それもどうかと思うラブラブ家族ではあるが――。

人間、ある日突然、これまで平気だったことが嫌になることはあるのだから、決して他人ごとではないのだ。

「……士郎くん」

少しばかり考え込む士郎を、星夜や彩愛たちが縋るようにして見る。

「多分、これって〝いじめ〟と一緒で、受けた側が嫌だ、辛いって感じたら、ごめんねをして、やめないといけない――ってことだと思うんだよね。どんなに相手が好意的でも、心から可愛いって思っていても。だったら余計に、好きな相手の笑顔は壊しちゃいけないってことでしょう」

結局のところ、士郎にはこうした言い回ししかできなかったが、問題の本質は変わらないと考えた。

「あ、そうか！　いじめに置き換えたら、よかったのか」

「やっぱり士郎くんだよ！　そこまで頭が回らなかった」

彩愛と紀子がハッとする。

やはり、口にはしなくても、内心麗子と同じような考えだったのだろう。

ただ、自分が言うには躊躇った。

もしくは、麗子が言ってくれたので、よしとしてしまったのだろうが――。

何かと発言する側に置かれることの多い士郎からすれば、麗子の気持ちはよくわかる。

確かに話を切り出したのは自分かもしれないが、どういう形であっても、援護はあると思っていたのだろう。

さすがに雛子に期待はしなくても、彩愛や紀子は言ってくれる。

聞く耳を持たない母親を、自分と一緒に説得してくれるだろう――と。

「でもね。嫌ってことに嫌って言葉以外で説明ができないっていう部分は、柴田さんが正しいよ。それだけじゃ通じないお母さんだから、あえて大人が遣うような言葉で、はっきり言ったんだと思うしね」

こうなると、今の彩愛たちにとって一番の問題は、麗子との関係だ。

士郎は、少しだけ苦しそうな笑みを浮かべる。

すると、彩愛が大粒の涙を零して、しゃくりはじめた。

「……私が、もっと言えばよかった。麗子が正しいって……。一緒に雛子ちゃんのお母さんにも、怒ればよかった」

「彩愛」

「だって、やっぱり麗子は悪くないもん！　士郎くんたちが言ったからとかでなく、私自身も麗子は一番雛子ちゃんのこと思って、わかろうとしてくれない……、お母さんに怒ってるって感じてた」

昨夜から考えていたのだろうが、こうして改めて士郎の意見を聞くことで、自分の何が悪かったのかを確信したのだろう。

と同時に、こうなってしまった経緯の中で、自分がどこに一番後悔をしているのか。

自分のどういった考えや行動が、こうした後悔を生み出してしまったのかを――。

「それなのに……ひくっ、昨日は何も言えなくて……。麗子のおばさんまで謝ることになって……。二人とも……っ、いつだって私のことを庇ってくれたし、うちのママがオーガニックで暴走したときだって守ってくれた。味方をしてくれたのに……っく。私……、自分のことしか、考えてなかったと思う」

悔いても悔やみきれない状況に、彩愛が両手で顔を覆う。

そして、そんな彩愛の腕を、紀子が両手で掴む。

「そんなの私だって一緒だよ。自分が思っていたことを、雛子ちゃんのおばさんには何も言えなかった。頭の中も、困った。どうしよう、怒られちゃったよって、そればっかりになって……」

「三奈も――、ごめん」

反対側からは、三奈も同じように両手で掴んで、彩愛の肩に額を付けるようにして、謝りはじめる。

「三奈は……昨日行ってないじゃん。あ……、行けなくてごめんってことか」

紀子が庇うも、三奈は大きく首を振る。

「ううん。そうじゃない。昨日は、わざと行かなかった。三奈のお父さん、雛子ちゃんのお祖父ちゃんや伯父さんがやってる会社で働いてるの。だから、文句を言いに言って、間違って怒らせたら大変――って。狡いよね、ごめん」

「――え!?」

「あ、だから遊びに行ったことがあるって……。てっきりママ友繋がりか、ご近所の幼馴染みなんだと思ってた」

「私もだよ」

これには彩愛や紀子だけでなく、大地や星夜も驚いていたが、士郎はそれより何より胸が痛くなった。

大人は知っているだろうか？

ときとして、子供が自主的にこんな気配りをすることを。

また、そのために、自分が友人に負い目を感じてしまう。そんな事態に陥ってしまうことが、あるという現実を――。

「――けどさ、三奈。それは、私も同じことをしたと思う。三奈は悪くないよ」

「うん。私も。だって、お父さんの会社の社長さんとか、絶対に怒らせたら駄目って、普通は考えちゃうもん」

「紀子。彩愛……。ごめん。ありがとう……」

それでも三奈は、彩愛や紀子が同意してくれたことで救われたようだ。

ここからは、麗子に感じている気持ちを三人で分けて、解決へ向けた努力をすればいい。

おそらく三人は、「どうしたら一刻も早く仲直りができるのか」を士郎に相談しようとしたのだろうが、こうして話し尽くしたところで、すでに答えは出ているはずだ。

(柴田さんの気持ちが落ち着くまでは、会って話すのは難しいかな？　でも、もともと仲がいいんだから、きちんと話し合って、今の気持ちを伝えたら――、ん⁉)

ただ、士郎がそんなことを思ったときだった。

(智也くん⁉)

ふと、視線を感じて振り返ると、斜め後ろのテーブル付近にいた智也と目が合った。

「……っ」

途端に身を翻して、その場から去ってしまうが、その慌ただしさが逆に気になる。

（今の、聞いてた？　聞こえてた？　かな）

「どうしたの？　士郎」

思わず眉を顰めた士郎に気付いて、大地が聞いてくる。

彼は彼で勘が鋭く、また正義感も強いところがあるので、士郎は「なんでもないよ。なんか、虫が飛んでる気がして」と言って、誤魔化した。

一瞬「ん？」と、不思議そうな顔をされたが、同時に星夜が「え!?　虫！」とキョロキョロし始めて、

「あ！　大きな蚊がいる」

「本当かよ！　うわ、マジだ。刺される前に退治だ」

「うん！」

偶然とはいえ、その辺にいた蚊を見つけたことで、上手く意識を逸らすことができた。

士郎は智也のことが気になりつつも、安堵する。

また、そうこうしているうちに時計の針は一時を回り、宿題を手にした下級生たちが樹季や充功と一緒にプレイルームへ入ってきた。

「こんにちは！」

「こんにちは～っ」

「士郎くん。今日はよろしくお願いしま～す」

パッと見て、十名ほどいる。

士郎が指定した学習範囲のためもあるが、ほとんど小学三年生と二年生だ。

だが、当然この中に雛子はいない。

「そしたら、僕。明日の午前中にでもプリントを持って、一度雛子ちゃん家へ行ってみるよ。樹季も一緒なら、そこまで邪険にはされないだろうし。だからって、何ができるかはわからないけど。せめて雛子ちゃんが、樹季やみんなと一緒に、宿題ができるように——とは思うから」

士郎は、いったん話を区切って、彩愛たちには自分もできる限りフォローをすることを伝えた。

昨日の今日で、自分までおじさんたちのことを言い出せば、かえって火に油を注ぎかねないが、夏休みの宿題の話をする分には、いきなり門前払いはされないだろうと考えたのだ。

ただし、麗子たちと揉めたあとだけに、士郎が来たと言うだけで、相手からラスボス扱いをされる可能性は否めないが——。

「だから、浜田さんたちは、柴田さんとの仲直りに専念して」

「うん！　わかった」

「ありがとう、士郎くん」

「私たち、絶対に麗子と仲直りするから」

それでも彩愛たちは、ここで士郎が笑ってくれたことで、大分力づけられたようだ。

三人ともすっかり目が充血しているが、それでも涙は止まりはじめている。

ただ、そんな彼女たちのことが気になったのだろう。

——どうした？

そう言いたげに充功が背後によってきたので、士郎も「それじゃあ、まずは今日の分の勉強を」と言いかけた。

「あ、でも。本当にごめんね、士郎くん」

改めて彩愛から謝られて、「ん？」と首を傾げる。

すると、「あとこれだけ」と、彩愛がわざわざ両手をテーブルへ付けて、身を乗り出して話を続けた。

「昨日麗子が言ってたの。士郎くんに頼まなくてよかった——って。私、最初は意味がよくわからなくて。でも、自分なりに考えたの」

紀子や三奈が一瞬目配せをし合う。

その様子から、これが彩愛個人からの話だということは、すぐにわかった。

「そしたら、ああ……そうかって。士郎くんはいつも、今日の私たちみたいに嫌な思いとか、怖い思いとか、たくさんしてたのかもしれないって。どんなに正しいと思ったことを言っても、怒る大人はいるし。怒鳴られたら、めちゃくちゃ怖かったし」

しかし、たどたどしい口調ながらも話し続ける彩愛に、士郎は内心驚いた。

背後に立つ充功が、自分と同じような気持ちでいるのが、気配でわかる。

「それなのに、どうして今まで、士郎くんなら大丈夫。大人に向かって、何でも言えるのは士郎くんしかいないって、思い込んでたんだろうって。士郎くんは、一度も平気だなんて言ってないのに。たとえ大人を言い負かしても、楽しかったとか、嬉しかったなんて顔もしないいし、やってやったぞみたいな自慢だってしたこともないのに」

ただ、彩愛がここまで口にすると、側で聞いていた大地や星夜も何かハッとしたように、顔を見合わせていた。

そう。今更の話だが、士郎はいきがかりで友人や、知り合った子供たちの代弁者となることが多いが、自分から進んで向かって行くことはかなり稀だ。

それこそ、自分の親兄弟が絡めば別だが、それ以外はほとんど「助けて、士郎くん！」がきっかけの代理口論だ。

特に対峙した大人たちからは、目の敵（かたき）にされたこともしばしばで――。

どんな経緯から相手を負かしたところで、士郎自身の気分が良くなることはない。

なぜなら、どんなに相手が理不尽なことを言ったり、やったりしている人間であっても、士郎自身が傷つけていいとは思っていない。

そんな権利が、自分にあるとは思っていないからだ。

しかし、そうとわかっていても、違うものは違うと言うし、駄目なことは駄目と言う。

（浜田さん……）

言いたくても言えない、どうやって言えばいいのかわからない子から頼られれば、精いっぱい応えて代弁もする。

今の世の中、何がきっかけで大事が起こるかわからない。

小事のうちに解決ができるのなら、それに越したことはない。

何より、まだ小学生の自分にできることで、黙り込むしかなかった子供に笑顔が戻るなら、頑張り甲斐はあるというものだ。

ましてや、それがきっかけで、問題の根源を作った本人の歪みや拗れたものが少しでも治癒されるなら、士郎は素直によかったと思うし安堵する。

ただ、それ以上の何かや見返りを求める気持ちはないので、正直に言うなら、彩愛が急に言い出したことには、戸惑いを隠せなかったが――。

「それに、意見したら、子供のくせに生意気だとか、親の躾が悪いんだとかまで言われて。それなのに、私もみんなも士郎くんにお願い！　って。悪い大人をやっつけてみたいに頼んで。そのくせ、自分は何もしないで、全部士郎くんに解決してもらって、あーよかったって。士郎くんが、どんな気持ちで大人に向かってくれていたのかも考えないで、自分勝手なことばっかり。本当にごめんなさい！」

しかし、いざこうして彩愛が考え、自分なりに気付いたところから謝罪や反省を示してくれると、これまで以上に〝頑張った甲斐はあったのかな〟と思えた。

麗子にしても、士郎に頼まなくてよかったと判断したのは、それだけ自分が嫌な思いをしたからだろうし。同時に、これまで自分が安易な気持ちで、士郎に「お願い」をしてきたことを反省したのだろう。

「私、これからもっと勉強する」

とはいえ、この発言には、士郎も驚いた。

（え？）

この話の流れから何を勉強しようというのか、士郎には妥当な科目が思い浮かばない。

「自分で思っていることが、ちゃんと言えるように。伝わるように、言葉とか意味とかいろいろ覚える。士郎くんみたいに、大人がきちんと話を聞いてくれる子になる。でもって、気持ちも強くする！」

（あ、そういうことね）

少しホッとした。

これで喧嘩上等な方向で変なことを学ばれた日には、それこそ問題児が増えるだけだ。

かといって、彩愛が言った「大人がきちんと話を聞いてくれる子」というのは、胸に刺さった。

子供が思ったことを聞いてもらうのに、本来特別な資格は要らないはずだ。

大人に聞く耳や聞く姿勢、もしくはほんの少し心の余裕があればいいだけで――。

だが、誰かに話を聞いてほしいのは、大人だって同じだろう。

聞いてくれる相手を持っていない大人なら、尚更だ。

それこそ何かの弾みで爆発する。自身が無意識のうちに産み育ててきただろう、不満や我慢を蓄積させた時限爆弾が――。

「でも、今日はまだ……許して。私たちが勝手に出しゃばったのに、途中で無理ってなっちゃったから、雛子ちゃんのこと……お願いします」

そうして彩愛は、深々と士郎に頭を下げて話を終えた。

よかれと思ってしたことが、もとより雛子の状況を悪くしてしまった。

お手伝いのあとに児童館へ来て、文句を言うことさえできなくなってしまったことに、責任を感じているのだろう。

「うん。わかった。僕なりに、頑張ってみるよ」

士郎は、改めて彩愛のお願いを引き受けた。

「ありがとう。士郎くん」

「こちらこそ。ありがとう。浜田さん」

自分がいつも気持ちよく大人と対峙しているわけではないと気付いてくれたことには、素直な気持ちで御礼も言った。

これには彩愛の顔が、パッと明るくなる。

「うん！」

ただ、こうなると、彩愛の話から理解した紀子や三奈が、

「ごめんね、士郎くん」

「私も頑張る！」

などと言って続いた。

「士郎～っ。俺もごめんっ」

「士郎くんっ。僕も今まで、ごめんなさいっっっ」

大地や星夜にしても、一度は「士郎、助けて！」「士郎くん、ごめんなさい」をしているので、目を真っ赤にして謝罪と反省を口にしてきた。

（いや……。いきなり揃って覚醒されても、困るんだけど）

こうなると、これはこれで心配だ。

彼らは、どういう方向でも盛り上がれる天才だし、何かと大暴走しがちだからだ。

「この調子で大人にガンガン言う子供が増えたら、結局士郎の悪影響がうちの子に――って、とばっちりが来るような気しか、しないんだけどな」

それでも、ずっと立ち聞きしていただろう充功が、ニヤっとしながら士郎の肩に手を置いた。

「充功」

「でも、まあ。よかったな。これまでの頑張りが、本当の意味で理解されて。一人でも二人でも嬉しいだろうが。それがこんなにとか――。ちょっとミラクルな気がするけどさ」

その手でくしゃっと、頭も撫でてきた。

「うん」

士郎は小さく笑うと、照れくさそうに頷いた。

どんなに賢く雄弁であっても、本来これらは他人をやり込めるための道具ではない。

たとえ正論をぶつけるにしても、そのことで他人が傷を負うなら、自分だって負う。

言葉は諸刃の剣だ。

だからこそ、士郎はぶつかり合った相手と和解ができたら、心から安堵する。

笑顔を向け合えるようになったら、それが本当に解決した証なんだと思えて――。

＊　＊　＊

帰宅後、士郎は再び充功に風呂場へ連れて行かれて、一日の汗を流した。

二日続くと、慌てたり、恥ずかしがったりという気も、不思議と起こらない。

むしろ「手間をかけさせてごめんね。ありがとう」と告げると、逆に充功のほうが照れまくってしまい、何を焦ったのか自分にシャワーをかけて、悲鳴を上げることになった。

（――なるほど。こういう返し方のほうが、充功には有効なのか）

「あ！　みっちゃんがお洋服のまま、シャワー浴びてる！」

「このままお風呂で遊ぶの？」

「やっちゃー！」

「いや、違うから！　失敗しただけだから、誤解すんな！　ってか、入ってくるなよ、お前らまで！」

士郎が新たなやり込め方に気付く傍ら、「わーい」「わーい」で大騒ぎだ。

勝手に衣類を脱いで入ってくる樹季と武蔵はさておき、七生まではしゃいで「ふへへへ」と続いた日には、大変なことになる。

「うわっ、七生！　どうしてお前は――、オムツパンツが濡れるじゃないか！」

樹季たちのように浴槽へ入らずとも、士郎の隣に嬉しそうに座ってきたので、あっと言う間にオムツが濡れて膨れ上がった。

こうなると、充功もいったいどこから手を付けようということになる。

「あーあーあー。何騒いでるのかと思えば、楽しそうだね。でも、ちゃんと充功の言うことを聞かないと駄目だよ。樹季、武蔵、七生」

するど、騒ぎを聞きつけた颯太郎が、入り口に立った。

ここで怒るわけでもなければ、叱ることもないのが颯太郎だ。

このあと、充功が三人に小言を言うのがわかっているからだろう。

充功の言うことを聞かないと駄目、と前振っているのは、ここからの小言はお父さんの代わりだからね――と、言い含めているからだ。

「あ、士郎。洗い終わってるなら、あとは父さんがしてあげるから、出ておいで」

「はーい」

そうして、浴室から士郎だけを連れ出すと、あとは充功に任せてリビングへ移動した。

そこからは、颯太郎が士郎の身体を拭いて、パジャマを着せて、髪を乾かし、湿布に包帯をしてくれる。

かいがいしく世話をする颯太郎の背後には、母の遺影も見え隠れし。キッチンでは、今夜もバイトから帰宅した双葉が、夕飯の支度をしてくれている。

「それで、手足の調子はどうなの?」

士郎をソファに座らせ、颯太郎が残りの湿布をサイドボードへ片付ける。

見た目だけなら、徐々に腫れが引いているように見えたが、こればかりは本人に聞かなければわからないと思ったのだろう。

颯太郎が確認をすると、それとなく双葉も聞き耳を立てている。

「足のほうが軽かったのかな？　こっちのほうが、痛まなくなってきた感じ。そう考えると、右手首のほうが一日遅れくらいで完治しそうな気がする」

士郎は、手足に感じる状態そのままを説明した。

不自由さに慣れてきたのは確かだが、それでも若干の違いはある。

おそらく、湊を受け止めて倒れたときに、最後まで彼を地面に落とさないようにしていたことで、右手首への負担のほうが大きかったのだろう。

それに加えて、後頭部から背中は氏神様（うじがみさま）が下敷きになって守ってくれたことで、転がったときにも足への負担が軽かったのでは――と、分析している。

だからというわけではないが、士郎は自由に歩けるようになったら、まずは氏神様に供物を持って、改めて御礼に行きたいと思っていた。

いったい地元のどこに氏神様の本宅たる社があるのかさえ知らないのだが、そこは調べるなり、裏山の野良たちに聞けば、何かわかるだろう。

場合によっては、毎日心の中で念じていたら、ひょっこり来てくれるかもしれないが。

御礼に呼び出すのは気が引けるので、これは最終手段として考えていた。

「そう。どっちがどっちとも言えないけど、両方大差がないよりは、いいのかな」

「うん。でも、僕としては、移動のほうが充功たちに気を遣わせるから、足のほうが一日でも早く治るほうが嬉しいかな」

ただ、ここで颯太郎がクスッと笑った。

「なるほどね。でも、まあ。せっかくだから、みんなに甘えたらいいよ。父さんとしては、これで士郎に甘え癖がついてくれたら、ラッキーなんだけど」

「え!?」

「あ、寧や双葉も同じこと言ってたかな」

「……」

士郎の頭を撫でながら、隣へ腰をかけてくる。

瞬間、士郎は（あれ？）と思った。

この状況で颯太郎がキッチンへ戻らない。双葉一人に預けたままにしていることが、引っかかったからだ。

「そういうことだから。まあ、変に気にして、無理はしないでね」

「はい」

「――あ、そうだ。日中、浜田さんから連絡があったんだけど、児童館で狸塚さんのことは聞いた？」

するると、颯太郎が話を変えてきた。

「え、あ……。うん」

士郎は意識して上体をずらして、颯太郎のほうを向くようにする。

「それで、士郎はどうする気なの？　浜田さんは彩愛ちゃんから一応、士郎には報告だけはするつもりっていうところまでは、聞いていて。それで、また何か迷惑をかけるようなことがあってもいけないからって、父さんに昨日の経緯を伝えてくれたんだけど」

颯太郎の保護者ネットワークは健在だ。

ただ、こうした連絡が回っているのを知ったことで、士郎は確信したことがあった。

「そうなんだ。僕としては、今すぐことを荒立てるべきではないって考えているよ。そもそも自分が自由に動けないところで、何かできるとは思っていないし。それに、狸塚家とうちって、同級生の子供が三人もいる割に、特別行き来がなかったでしょう。だから、雛子ちゃんの〝嫌〟を伝えるにしても、もう少しだけ相手との距離というか、信頼が近くなってからのほうがいいのかな？　って」

（そういうことか）

そう。颯太郎にも説明したように、今現在の当家と狸塚家との距離感だ。

ここへ兎田家が越してきたとき、長男の寧は中学三年生だった。

そこから双葉、充功、士郎、樹季と続いて、今は武蔵まで幼稚園に通っているのだから、この界隈で子供を持つ親とは、どこかで一度くらいは同じクラスの保護者同士という関係ができる。

仮に誰とも同級になったことのない親であっても、校内行事か子供会、もしくは新旧合同の希望ヶ丘町行事なので、見知った関係になったりするのだ。

そういう繋がりもあって、子供に何かあると、颯太郎に相談を持ちかけてくる親は多い。姉御肌の蘭が生きていた頃など、目に見えて頻繁にあった。

しかし、この狸塚家に対しては、親子揃って希薄な関わりだった記憶しかないのだ。

「――ああ。なるほどね。そう言われると、父さんも雛子ちゃんのご両親とは、ほとんど面識がないね。従兄弟の禅くんと匠くんのお母さんとは、まだ立ち話くらいはしたかなって思うけど。でも、お父さんとなると……。あ、父さんも、充功の小学校の卒業式で挨拶をしたくらいだ。それだって、この度は奥様が大変なことにって話しかけられただけで。子供のことは、まるで話したことがないや」

颯太郎も、士郎の意見にはハッとしていた。

場合によっては、自分から話をすることも考えていたのだろうが、これは確かに難しいと感じたようだ。

内容が内容だけに、確固たる信頼もないところで話を切り出せば、ただの侮辱と取られかねない。

今以上に問題をややこしくしかねないのは、親同士であっても大差がないからだ。

「何？　禅がどうかしたの？」

すると、これに双葉が反応した。

いったん手を止めて、キッチンから声をかけてきた。

「あ、ううん。子供のほうじゃなくて、お父さんの話。姪に雛子ちゃんっていう樹季の同級生がいるんだけど、溺愛がすぎてね。スキンシップが激しいみたいで――、雛子ちゃんから困った伯父さん認定をされてるんだ。でも、それを自分のお母さんに言っても取り合ってくれないから、どうしようってことになっていて……」

ここで話をしていたのに、聞かれて隠すのも変だ。

士郎は多少ぼかして説明をした。

「それ、もしかしてロリコン疑惑がかかってる?」

だが、士郎の気遣いなどお構いなしに、双葉はド・ストレートな単語で返してきた。

これには颯太郎も士郎も慌ててしまう。

「双葉!」

「いや、ちょっ!!」

「あ、ごめん! 直球すぎた。けど、これ。禅から相談されたから」

ただ、颯太郎にまで驚かれたことで、双葉も焦ったようだ。

言い訳をしながら、キッチンから出て来る。

しかし、ここで士郎は更に驚いた。

「――え？　双葉兄さん、雛子ちゃんの従兄弟さんと友達だったっけ？　仲がよかった記憶が、まったくないんだけど？」

そもそも士郎が、いつになくこの件で慎重になっていたのは、親子揃って希薄な関係性のためだ。

だが、どこかで多少なりにも好意的な関係が築けているなら、話は違ってくる。

相手に理解を求める方法や、切り込み方への視野が自然と広がるからだ。

「あ、だと思う。だって、俺がメールするようになったのって、ドラゴンソードで〝はにほへたろう〟の偽物が出たあたりからだし。誰経由で繋がったのかは、よく覚えてないんだけど。あのとき、情報提供を手伝ってくれたうちの一人が禅だったってだけだから」

すると、双葉が今現在の関係を説明してくれた。

確かにこれは、当事者以外にはわからない交流だ。

そうでなくても、高校生にもなれば、地元から離れた友人関係が広がる上に、付き合い方そのものも変化していく。

ましてや家庭内での双葉は、弟たちから話を聞いて楽しむことがほとんどで、自分から「聞いて」をするのは、よほど可笑しいことがあり、みんなを笑わせたいときだけだ。

「――で、たまに暇だと、はにほへたろうくんはドラゴンソードに復活しないの？　とか、メールが来たりして。ついさっきは、明日には帰省するんだけど、実は気になっていることがあって、相談にのってほしいってメールが届いたくらいだから、正直言って俺もこの内容には驚いてる」

とはいえ、双葉も禅とは、そこまで親しいとは言いがたいようだった。

ただ、これは双葉から感じる関係性であって、禅にとってはわからない。

少なくとも、彼にとって双葉は、こうした相談ができる相手なのだから。

「それが、お父さんへの——疑惑なの？」

「うん。なんか、その雛子ちゃん？　禅たちも妹みたいに可愛がってるんだけど、それに輪をかけて親父さんの可愛がり方？　スキンシップが激しいらしくて。でも、生まれたときからそうだから、ずっとそういうものだと思っていたらしいんだ。けど、たまたま幼女虐待のニュースを見ていたら、我が父ながら、不安になってきたらしくて」

「それもまた、いきなりだね」

「どうしたら、そこで犯罪者とお父さんが紐付けされるの？」

しかし、颯太郎や士郎からすれば、聞けば聞くほど不思議な話だった。

もともと禅という少年を知らないので、そういう発想になる子もいるのだ——と思うしかないのだが、それにしてもだ。

「なんか、本当に偶然だけど、報道されていた犯人の立場や風貌が親父さんと似ていたんだって。もちろん、赤の他人だし、親戚でもないよ。ただ、一度引っかかったせいか、実は父親もロリコン？　みたいな夢まで見ちゃったんだって。で、こうなると、余計に頭から離れなくなったらしくてさ」

　すると、ここでようやく、なるほど――という説明か追加された。

　ようは禅が、思い悩んだ末に見た悪夢に打ちひしがれて、疑心暗鬼になってしまったのだろう。

「でも、こんな話。昔から家族ぐるみで付き合ってるような地元友人には、逆に相談できないしって言うから。だったら、禅が帰省したときに、こういうニュースを見たからって、注意をすれば？　って。世間に変な誤解されて困るのは、それこそ雛子ちゃんも一緒なんだし。別に、溺愛アピールはスキンシップがなくても可能なんだから、俺も気をつけるから、親父さんたちもほどほどにしような――で、いいんじゃないの？　って返した」

　禅が相談相手に双葉が選んだ理由も、納得がいくものだった。

　ある意味、そこまで親しくないから話せたのだろうし。

　このあたりは、きっかけがあれば愚痴る相手は誰でもよかった、顔見知りなら尚よかっただろう雛子とは違う。

「で、そしたら、わかったって。そうだよな。俺も気をつけるって言えば、角が立たないもんな。サンキュウ――って返信がきていたから、注意はしてくれるんじゃないかな？」

「あ。それは確かに、一番角が立たないよね。誰が言うよりも、息子さんからみんなで気をつけようって言う分には、雛子ちゃんのお母さんが否定する必要もないし」

しかも、双葉の話が事実なら、士郎が何をするでもないうちに、問題は解決へ向かっている。

それも、家庭内で話し合って結果を出すという、もっとも理想的な形でだ。

「灯台もと暗しって、こういうことかもね」

ただ、こうした展開になったことに、颯太郎はしばし茫然としていた。

現実は小説より奇なり――とは、また違うだろうが。少なくとも颯太郎は、よくできた展開になったものだと、感じたのだろう。

それでも士郎からすれば、ラッキー以外の何ものでもなかったが。

「うん。でも、思いがけない伏兵が出てきて、よかったよ。これでおじさんたちの溺愛スキンシップがほどほどになれば、雛子ちゃんの問題は大方解決。仮に、禅さんの話で、すぐに状況が理解をされなくても、雛子ちゃんにとって心強い相談相手ができたことは確かだから」

士郎は、雛子にとって禅の存在が救世主になることが、まずは一番よかったと考えた。

母親が雛子の言い分に対して、頭ごなしに否定していたのには、まだ引っかかりを覚えていたが。

それでも、同じように雛子を可愛がってくれている甥の、それも高校生の言い分であるなら、まだ耳も貸すだろう。

　何より、この話が先に禅の家族だけで話し合われた場合、雛子の家族は結果報告を受けるだけで、改めて雛子があれこれ聞かれることもない。

　雛子からの「嫌」発言がなければ、母親が伯父たちに気を遣う必要がないのだから。

「そうだね。さすがに、他人が口を出すには、躊躇うことだし。双葉が繋がってくれていて、よかったね」

　そうして、この件に関しては、士郎が胸を撫で下ろす形で動きはじめた。

「うん、お父さん。本当、双葉兄さん。ありがとう！」

　士郎は心から双葉に感謝を告げた。

「いや、俺は何もしてないし」

「そんなことないよ。禅さんから相談相手に選ばれたのって、結局は双葉兄さんの人柄だと思う。もともと仲がいいとか、付き合いが長いとか、そういうことじゃなく。近くにいたときから、今日まで見ていて、双葉兄さんならきちんと相談にのってくれる。決して、こんな話を他人にしたり、陰で笑ったりしないっていう、信頼があったからだよ」

　最初双葉はきょとんとしていたが、士郎の解釈を聞くうちに、驚喜（きょうき）の表情を見せた。

「何より、禅さんに返したアドバイスも完璧だしね！　一番理想的」

「――士郎!!」

当然そこからは、感動からのハグをして、頭を撫でて、ほっぺにチューまでされたが、士郎は言葉にしてよかったと思う。

双葉からすれば、言われて始めて実感したのだろうが。

士郎にとっては、特別意識するでもなく、さらっとやってのけているところが、双葉の人柄であり、弟として自慢したくなるところだったからだ。

「あ、今のうちに浜田さんたちにも、このことを伝えておかなきゃ。もちろん内容をぼかすけどね」

その後、士郎は彩愛たちに、事の次第をメールで知らせた。

すると、すぐに「よかった！」「ありがとう!!」などの返事が届いた。

7

児童館での士郎塾も三日目となった週末、金曜日。

今日にも禅と匠が帰省するというので、士郎はいったん雛子のことからは距離を置くことにした。

明日には親戚たちが集まるらしいが、禅はすぐにでも父親に話をする気満々だ。

このあたりは、双葉を通して知ることができるので、午前中に狸塚家を訪ねる予定も、いったん白紙に戻した。プリントなら落ち着いてから渡せばいいし、現時点で士郎が雛子の様子を見に行く必要がなくなったからだ。

「じゃあ、双葉兄さん。せっかくバイトが休みなのに申し訳ないけど、エリザベスの散歩をよろしくね」

「何かあったら、俺にメールして」

「了解。士郎も充功も気をつけて。樹季や武蔵、七生もちゃんと言うこと聞くんだぞ」

「はーい」

「エリザベス、お留守番よろしくね」

「えったんね～」

「バウン！」

そうして、午後には前日同様、家を出る。

頭上では、それを見送るようにして、裏山のカラスが飛んでいた。

空が青い。

「カー」

また、相変わらず付き合いのよい充功の友人たちが、その日の都合によって、入れ替わり立ち替わり同行してくれたことで、士郎、樹季、武蔵、七生の四人は、それぞれの自転車の後部席へ乗って、一時前には児童館へ到着する。

「士郎くん！」

「浜田さん。あ、柴田さんも」

一足先に到着していたのか、館内では彩愛と麗子、紀子と三奈の四人が待ち構えていた。

「……昨日はその、ごめんなさい」

「連絡をもらって、すぐに麗子にも報告したんだよ」

「まさか双葉さんが、雛子ちゃんの従兄弟とお友達だったとは！　三奈、びっくり！」

「本当!!　ありがとう。士郎くん」

どうやら彩愛たちと麗子は、昨日のうちに仲直りができたようだ。

彼女たちの背後には、本日の七生担当保護者の浜田と、彼女に誘われて同行しただろう、柴田が並んでいた。

士郎たちに、軽く会釈をしてくれる。

（とりあえず、ここは元サヤに戻ったみたいで、よかった。となると、あとは――）

しかし、士郎の危惧はまだ残っていた。

九智也のことだ。

盗撮への認識不足もさることながら、今現在の両親の関係――それに少なからず影響を受けているであろう、智也自身の様子が気になる。

彼も雛子やその家族同様、士郎の中では希薄な関係だ。

ただ、今年を含めて二度同じクラスになっている同級生だけに、士郎の中には思い出すことのできる学校での智也の様子がかなりある。

当然、これは自分が見聞きしてきた範囲に限られるが、教室での大人しい様子や真面目な授業態度。

特に親しい友人がいるようにも思えない状態や、さまざまな得手不得手。

そこへ投稿動画の内容やコメントなどを合わせていけば、大まかな智也像が士郎の中に浮かび上がってくる。

ただし、挨拶以外は授業のグループ分けで、必要な話をしたくらいの会話量しかないので、一概にはこういう子だとは決めつけられない。

逆に、勝手な思い込みを作らないよう、士郎は意識することにした。


「そろそろ、時間ですね。片付けましょうか」

そうして今日も、三時間という短くも濃厚な児童館での時間が過ぎた。

士郎は手元に置いていた小さな時計を確認しつつ、テーブルに向かい合っていた上級生たちに声をかける。

「ありがとう。士郎。なんか、きっかけ一つで、宿題が進むようになってきたよ」

「俺、四年生の算数が解けたら、今の分もわかるようになってきた。たんに、わかろうとしてなかったのかも」

「それ、俺もある！　自分が馬鹿だからわからないって思い込んでたけど、そうじゃなかったかもしれない。ちょっと希望が見えてきた」

次々と笑みを浮かべたのは、「何がわからないのかが、わからない」と言っていた、六年生の三人組だった。

彼らは、最初に士郎が勧めたように、まずは自分がわかるところまで遡って復習をし始めたら、理解できていなかった部分が見つかり、改善されてきた。

また、わからなかったことがわかるようになり、それが面白いと感じれば、自然と学習意欲は湧いてくる。

ただし、今は児童館でわいわいやっている雰囲気にも背を押され、楽しくなっている部分が大きいのだろう——と、士郎は考えていた。

三日坊主とはよく言ったもので、子供が自らの努力で長期間に渡り、勉強を楽しく続けるというのは難しい。

それこそ明確な目的があるか、褒められて嬉しいか、何でもいいから自分のモチベーションを上げてくれる何かがいる。

もしくは、義務教育という四字熟語に縛られつつも、頑張っている俺最高！　くらいの自己肯定感や思考回路がないと、他に楽しいことはいくらでもある。

掌サイズのスマートフォン一つの中には世界の情報やゲームが溢れているし、ましてや夏休みは子供たちにとっても、興味を引くような誘惑がいっぱいだ。

「本当ですか？　それはよかった。先輩たちが嬉しそうで、僕も嬉しいです」

「士郎！　ありがとう!!」

「本当に、いい奴だよな。わかっていない理由を見つけて教えてくれるし。変な間違いしても、逆に〝そっか！　そういう考えは、僕にはなかった〟って、笑ってくれて」

「うん。今使わないけど、でも、こういう考え方は、きっと先に出てくると思うとかって、滅茶苦茶よくとってくれて。士郎からしたら、なんでそう考えるんだよ！　って、突っ込みたいだろうにさ」

だが、士郎自身は、今の彼らの自習が続いても、続かなくても、いざ必要に駆られたときに、こうしたやり方もあったな——と思い出してくれれば、それでいいと考えていた。

この先も自習に精を出したいというのであれば、オンラインでも学校でも声をかけてもらえれば、できる範囲で対応をする。

しかし、本人たちがやる気をなくした場合、その気にさせてまで勉強をさせる義務や責任は、士郎にはない。

本人かその親か、もしくは学校側がすることを、自分から進んで背負い込むことはさすがにしないので、このあたりは颯太郎の〝去る者は追わず、来る者は拒(こば)まず〟を、まま受け継いでいる。

「ああ。でも、それを言ったら、一緒に育った兄弟でも、全然違うことを考えたりするので。一人一人が違った発想や考えになっても、不思議はないかなって。もちろん、宿題みたいに決まった回答があるものは、そこに行き着かないとならないんですけどね」

「ナンバーワンの士郎が、オンリーワンを推(お)してくれるのが嬉しい！」

「ほんと。それ！」

ただ、士郎がこうした姿勢を貫けるのは、やはり家族や晴真たちのように、絶対に側から離れないと信じられる者たちがいるからだろう。

その根幹に不安を抱いていたら、去る者を追うかもしれない。

だからこそ、士郎は常に感謝を忘れない。

決して、側にいてくれることが、当たり前だとも思わないように意識をしている。

——と、そんなときだった。

「士郎。あ——、いた！」

急に名前を呼ばれて、振り返る。

士郎が持参した荷物をひとまとめにしていると、プレイルームの出入り口から真っ直ぐに双葉が歩み寄ってくる。

「双葉兄さん？」

小中学生しかいない場だけに、一際目立つ。

ましてや、兄弟の中では、すでに寧を抜いて一番長身な双葉だ。

半袖のコットンシャツにジーンズといった普段着姿であっても、どこからともなく歓喜を含んだ声が聞こえてくる。

特に女子たちは「きゃっ！　カッコいいね」「やばい。足、長いよ」「うんうん」などと言いつつ、ニヤけた口元を押さえている。

「何、どしたの」

「双葉くんだ！」

「ふたちゃん、お迎え？」

「ふっちゃ～っ」

そこへ充功や樹季、武蔵や七生が沢田たちと寄ってきたものだから、余計に目立つ。

側にいた六年生たちなど、「わ」「わ」「なんか迫力」と言いながら、

「それじゃあ、お先に失礼します」

ずいぶんかしこまって、後ずさりをしていった。

しかし、こうした周りに反し、士郎は顔を強張(こわば)らせる。

「——え、まさか。禅さんのところで修羅場になったとかじゃないよね？」

「いや、それはまだこれからかもしれないが、今は別件。士郎、もしかして充功たちのししゃも姿を盗撮したのって、この子？」

いきなり双葉からスマートフォンを見せられ、いっそう困惑してしまう。

確認を求められた画面には、智也の顔写真が映し出されている。

「え⁉　そうだけど……、ってことは！　双葉兄さんのところにまで話が回って来るような騒動を、もう起こしちゃったの⁉」

いったい何を撮ったのか、士郎のほうがドキドキしてきた。

こんなことなら、もう一度改めて「盗撮は絶対に駄目だ」と釘を刺すべきだった。

もしくは、告げ口は嫌だが、颯太郎から智也の両親に連絡をしてもらい、撮影できそうな機材をいっとき没収してもらうなど、具体的に行動をすればよかった。

まさに、後悔先に立たずだ。

「いや、回ってはいない。むしろ禅からストレートに、こいつが士郎に協力するために、うちへ忍び込んだ。盗撮したって言ってるんだけど、どういうことか確認してって、送ってきて」

双葉が話をしながら、メールを打ち始める。

「は？」

「僕に協力って？」

言われたことの意味がわからず、士郎は充功と顔を見合わせた。

「意味不明だよな。そしたら、無関係って返事するから」

しかし、そう言った双葉が、起用な片手作業で打ち終えたメールを送信しかけたときだ。

士郎は、今一度ハッとし、双葉の手を掴む。

「ちょっと待って。もしかしたら、雛子ちゃんのことかもしれない」

「雛子ちゃん？」

「うん。多分だけど、スキンシップを嫌がってる証拠を押さえようとしたんじゃないかな？」

士郎の脳裏に、昨日の智也の様子が思い起こされる。

あの場で、士郎と彩愛たちの話を聞いていたのなら、充分ありえることだし、初日に雛子が文句を言っていたときにも、智也はプレイルームにいた。

「でも、だからって。どうして士郎に？」

「想像でしかないけど、この件を僕がどうにかするんだと、思い込んでるのかも。僕もまさか、双葉兄さんと禅さんが繋がるなんて考えていなかったから、昨日彩愛ちゃんたちに〝頑張ってみるよ〟とか言っちゃったし。あのやり取りを聞いてたんだと思う」

今はこの程度しか思いつかない。

だが、これ以外に智也が今の狸塚家で撮りたい何かがあるとは思えないので、十中八九これだろうとは考える。

ただし、本人が言うように、本当に士郎の交渉材料を得るための協力のつもりなのか、スキャンダラスな動画ネタとしてなのか。

もしくは、その両方を兼ねていたのかは、智也のみぞ知ることだ。

「小さな親切、大きなお世話ってことか」

双葉が額に手をやりながら、なるほど――と、理解をする。

「いや、それで勝手に共犯にされたら大迷惑だって」

「それはもう、士郎には悪いけど、完全否定のメールを送信したよ。場合によっては事情聴取のとばっちりとか、もはや迷惑の域を超えてるし」

充功は大憤慨だが、そこは双葉がたしなめる。

しかし、その内容がすでに士郎からすれば、聞き捨てならない。

「事情聴……って、もう警察沙汰（ざた）ってこと⁉」

「うん。なんでも、その智也が持っていたスマホから、両親に連絡をしたらしいんだけどさ。どっちも仕事で、すぐに行けないとかなんとか口走ったらしくて……。それで、雛子ちゃんのお母さんがぶち切れて、通報したらしい」

かいつまんで受けた説明だけでも、最悪な状況だ。

彩愛たちから聞いていた雛子の母親のキレっぷりに加えて、夫婦喧嘩動画で聞いた智也両親の自分本位な様子が脳内で合わさり、士郎は頭が痛くなってきた。

双葉の手中でスマートフォンが震える。

「――あ」

「ん？」

メールが届いたようだ。

双葉の利き手が、再び画面をスクロールしていく。

「やばい。智也が逆ギレした。自分はロリコン親父の証拠を押さえようとしただけだ。本当の犯罪者は、ここのおじさんたちだろうって、やってきた警察官にぶちまけたらしい。

それどころか、撮られた画像っていうのが、禅が雛子ちゃんにそのことを確認している様子だったらしくて、俺の立場が最高にヤバくなった。助けて、双葉！　で、終わってる」

これには、双葉も慌て始めた。

「は!?」

「よりにもよって？」

充功や士郎からしても、この事態は想定外だ。

まさか、ここへ来て、すべてを円満に納めてくれるはずの禅が窮地に追い込まれるなど、考えもしない。

ただ、こうなったら直ぐにでも雛子の家へ――と、士郎が言いかけたときだった。

「ひゃっ！」

何を察したのか、いきなり七生が両手で頬を押さえて、「それは大変！」みたいなポーズで声を上げた。

しかも、オムツでふっくらしたお尻の横振り付きだ。

「ぷっ」

なんの構えもなかったためか、双葉がこれを見て吹いてしまった。

充功ならまだしも、双葉だったものだから、

「ぐふっ」

「ぷっ」

士郎と充功も釣られてしまい、一気に緊張感が無くなった。

逆に、樹季と武蔵は困惑している。

——ここ、笑っていいところ？

とでも言いたげに、首を傾げている。

「とりあえず、禅の家へ行ってみよう。父さんが車を出して、一緒に来てくれているから」

「うん！」

ただ、これのおかげで冷静さを取り戻したことは、確かだった。

このあと士郎たちは、双葉をここまで乗せてきた颯太郎の運転で、狸塚家へ向かうことになった。

＊＊＊

数分後——。
士郎たちを乗せた自家用ワゴン車は、希望ヶ丘旧町の一角を塀で囲まれた狸塚家へ到着した。

瓦屋根がついた格子戸の正門前の敷地には、パトカーが止まっている。

中から出てきた警察官たちが、丁度乗り込むところだ。

「お疲れ様です」

運転席から颯太郎が声をかけると、揃って振り返る。

相手は派出所勤務の警察官で、どちらも見知った顔のお巡りさんだ。

「あ、どうも。あとはよろしくお願いします」

呼ばれはしたが急遽民事不介入にでもなったのか、簡単な挨拶だけで、そのまま走り去って行った。

士郎が目をこらすも、パトカーの後部席には誰も乗せられていない。

この件で誰かが連行されたというのはなさそうだ。

まずは、ホッとする。

しかも、車内に充功と弟たちを残して、士郎と双葉、颯太郎が下りたところで、門の中からは智也とその父親らしき四十前後の男性、そしておそらくは、四十代後半はいっているはずの禅の母親が現れた。

彼女の顔を見るのは一年半ぶりだが、ますます美しさに磨きがかって、一瞬で場が華やぐ。仕事から帰ってすぐだったのか、タイトなスーツ姿に髪をアップで纏めていたのも、目を惹いたのだろう。

彼女も、突然の事態に、かなり疲れているのがわかる。

「本当に、申し訳ありませんでした。明日、改めて家内とお詫びに伺いますので」

「ごめんなさい」

それでも「仕事が」とは言いつつ、父親だけでも謝罪に駆け付けた。

おかげで智也の連行――警察での一時預かりがなくなったのかもしれない。

「本当に、次はないと思ってください。お子さんの管理はしっかりしてくださいね」

「はい」

智也親子は、今一度深く頭を下げてから、颯太郎や士郎たちにも会釈をしてきた。

「息子が大変、ご迷惑をおかけしました。のちほど改めてお電話をさせていただきますので、そのときにでも、お詫びに伺える日時を教えていただければ――」

「あ、はい」

「それでは、今日のところはこれで」

ふと、どこかで聞いた声だと士郎は思った。

（――あ、病院のX線技師さん？）

顔まではよく見ていなかったが、彼の声色は男性の中でも少し低く、特徴があった。

しかも、職場が病院では、咄嗟に「仕事が」と口走ってしまったのも頷ける。

母親の職種はわからないが、こうなると契約社員とはいえ父親の勤務時間もフルタイムと大差がないだろう。

院内の掲示板には、看護師や技師の募集広告が剥がされたことがない。

常に人手が求められている仕事だ。

「――ごめん。役に立ちたかったんだけど、撮ったデータを削除させられた」

智也が士郎に向かって、ぼそりと呟く。

「そっか……。でも、駄目なことは駄目だから、それは仕方がないよ。それに、その気持ちがあるなら、先に相談してほしかった。せっかくの智也くんの気持ちが、全部台無しになってる。もったいないでしょう」

士郎はこの時点で、智也がそうとう絞られている。警察を呼ばれたことで、すでに怖い思いもしただろうと考えて、声を荒らげることはなかった。

「怒らないの？」

ただし、勝手に士郎の名前を出した智也のほうは、覚悟をしていたようだ。

正当な理由でしかキレない分、士郎が怒ったときは、容赦がない。

捲し立てるのも大人以上で。それは校内でも見たことがあるだろうし、この場ではち合わせをした瞬間、腹をくくっていたのかもしれない。

「怒るとかより、いきなりすぎてビックリしてる。ただ、智也くんがしたかったことはわかったけど。どんなにいいことをしようとしても、相手が喜べないことは、しては駄目だよね。そうでないと、悪気がなくても、相手が困ってしまうってところが、雛子ちゃんのおじさんたちと一緒になっちゃうから」

だが、士郎はここで怒るより、今日の智也の何が悪かったのかを指摘するほうを選んだ。

もしも智也が持ち前の正義感から証拠集めをしようとしたなら、雛子の伯父たちと同罪だと伝えるのが、一番わかりやすいだろうと考えたからだ。

「――っ!!」

ハッとした智也が、両の瞼を開く。

士郎は、そんな智也の表情から、自身の罪を理解し、反省し始めたことを察した。

「でも、お巡りさんに連れて行かれなくて、お父さんが来てくれて、よかったね。あとは、また今度話そう。ちゃんと、時間をとって」

「うん」

お互いの隣には父親もいたし、禅の母親もいた。

なので士郎は、智也との話は、ここまでとした。

「それでは――」

深々と頭を下げる父親と共に、智也が去って行く。

すると、その後ろ姿を見送った禅の母親が、改めて颯太郎や双葉、士郎に向けて頭を下げた。

「わざわざ、いらしてくださって――すみません。ご無沙汰してます、兎田さん。双葉くんたちも」

「いいえ。こちらこそ突然窺ってしまい、すみません。うちが駆け付けるのは、違うかなとは思ったのですが。こちらで士郎の名前が出たのと、禅くんから双葉に連絡も入っていたので、まずはと思い……」

ここでの対応は、颯太郎に任せた。

士郎と双葉は、何も言わずに会釈だけをする。

「本当に、申し訳ありません。私も最初は何が何だか、意味がわからなかったんですけど。禅から話を聞いて、ビックリしてしまって。ただ、うちの主人の容疑というか、誤解だけは解いておきたいので……。よろしかったら少し、上がって行っていただけますか？」

ただ、寝耳に水の話をされて驚愕したのは、禅の母親も同じだったのだろう。

ましてや、この分だと禅の父親にかかっていた容疑は、完全に濡れ衣だ。

禅が疑心暗鬼になっていたのがバレた以上、「どうしてそんな馬鹿な思い込みを!?」と激怒されたかもしれないが、それでも内心は安堵していることだろう。

だが、身に覚えのない性癖を疑われた当事者の心情は、定かではない。

少なくとも、変な誤解が町内で拡散されないように、またそうなったときでも、完全否定と火消しをしてくれる味方はほしいことだろう。

そうなると、自ら訪ねてきてくれた、颯太郎たちをここで帰すわけにはいかない。

むしろ、保険としてこの場で確保だ。

「よろしいんですか？　あ、でも車内にまだ四人いるので」

「もちろん、ご一緒に。車はこのままで大丈夫ですので。どうぞ、中へ」

こうして士郎たちは、全員揃って屋根付きの格子戸の中へ入ることになった。

日本庭園の奥に佇む平屋と離れは、高級旅館というよりは、武家屋敷だ。

万が一にも、七生や武蔵、樹季が「お鯉様」が泳がれている池へ走り寄ってポチャン！

などとならないように、颯太郎から士郎までは、無言のアイコンタクトで厳戒態勢を敷く。

そして、それは母屋に「どうぞ」と上がったあとも、しばらく続いた。

玄関から客間までの、長い廊下を案内されるも、緊張が解けることがない。

するとと、颯太郎の半歩先を歩いていた禅の母親が、声を落として話しかけてきた。

「ところで、兎田さん」

一瞬で大人の話であることが、語尾でわかる。

後ろをついて歩く双葉と充功は、スッと側面に広がる日本庭園に視線を向けた。

更にその後ろについていた士郎は、思わず樹季の手を握る。

すると、樹季が武蔵の、そして武蔵が七生の手を取り、長い廊下はこうして仲良く歩く
らしい――という、新解釈が生まれてしまう。

「はい」

そんなにことになっているとは思わずに、颯太郎か緊張気味に返事をする。

「この度は、主人の行きすぎた愛情表現と無神経さがすべて悪いんです。それは、重々承知しているんです。けど、私……。実は夫より一回り年上なんですが、禅はそこをよくわかっていなくて……。変な心配に取り憑かれたみたいなんですけど。これで、主人の無実を察していただけませんか？」

禅の母親は、更に声を落とした。

「——えっ!?　あ……、はい」

一瞬困惑の表情を見せた颯太郎だが、直ぐに言われたことを理解した。

ただ、見れば微かに頬が染まっている。

「なあ。あれって疑惑のおっさんは、ロリコンじゃなくて熟女好きだったたってことか？」

と、ここで充功が、双葉にコソコソ。

「黙れ、充功。だから、察してくれって言われただろう」

「……ごめん」

双葉もコソコソしていたが、士郎には丸聞こえだ。

(聞こえてもわからないふりをし続けるのって、けっこう大変かも——)

唯一の救いは、聞こえたところで、樹季や武蔵たちには、何もわからないこと。

しかし、手を繋いだことで、いっそうニコニコしている弟たちを見ると、複雑な気持ちになる士郎だった。


いろんな意味でドキドキしながら、床の間の掛け軸が見事な客間へ通された。

部屋の中央に置かれた漆塗り(うるしぬ)りの長座卓の廊下側には、禅の父親と禅、そして雛子の母親が並んで待機している。

客間の入り口では雛子とその祖母が待っており、士郎や樹季、武蔵や七生に「こっちで遊びましょう」と声をかけて、大人の話からは引き離してくれた。

ただ、士郎だけは、「僕は雛子ちゃんのお母さんに聞きたいことがあるので」と言って断り、颯太郎と双葉の間へ、怪我をしている右足を庇うようにして座った。

また、禅と共に帰省していた匠は、充功に「久しぶり」と声をかけ、「ちょっとこっちへ」と言いつつも、別室へ連れて行ってしまう。

いまいち掴めていない状況を、充功に聞きたかったのかもしれない。

ただし、二人でこちらの話を聞く気は満々だったので、襖で隔(へだ)てられた隣の部屋に待機したのは、気配でわかった。

そうして、禅の母親が雛子の母親の隣へ座ったところで、狸塚の申し開きが始まった。

「本当に申し訳なかった！　私に配慮(はいりょ)がないばかりに、可愛い雛子に嫌な思いをさせて。でも、そう言われたらうちの男連中は、俺を筆頭(ひっとう)にベタベタしていた。雛子だって、いつまでもオムツをしているわけじゃないのに。赤ん坊の頃と同じ調子で、抱っこして、お尻をポンポンして、ましてやチューなんかしたら、そりゃ〝もういや〟ってなるよな」

長座卓に両手を置くと、土下座せんばかりの勢いで、その場の全員に謝罪をした。

どうやらいっときは「どういうことだ!?」と詰め寄られた禅だが、最初の予定通り、自分が父親に感じていた不安を説明できたようだ。

しかも、この分では、雛子自身が「嫌」と言っていたことも伝わり、理解されたのがわかる。

当然、我が子から微塵も持ち合わせていない性癖疑惑をかけられた狸塚は、そうとうショックを受けたようだ。

だが、それでも自分の落ち度を認めて、自分たちにまで頭を下げてくれた。

（なんだ――。話せば、普通にわかってくれる伯父さんじゃないか。それに、父さんよりは少し上かもしれないけど、まだまだ若いし、普段着姿でも清潔感があって、卒業式で見たときの貫禄(かんろく)もそのままだ。こうなると、やっぱり雛子ちゃんの嫌は、成長過程にありがちなものだったんだろうな。本人は言わなかったけど、オムツのないお尻ポンポンも駄目！　ってことで）

士郎からすれば、どうしてここまで拗れた話なのかと思うほどだ。

もちろん、こうなると原因はいくつも思い当たらないのだが——。

「香奈ちゃん、本当にごめんなさいね。そうでなくても、普段から家のことはすべてやってもらって、私も義母も感謝しかないのに。こんなことで雛ちゃんを苦しめて。あなたにも気を遣わせてしまうなんて」

禅の母親も狸塚の妻として、改めて雛子の母親・香奈に謝罪をした。

「そんな、やめてください！　謝らないでください。お義兄さんやお義姉さんには、本当に普段からよくしてもらっているのに——。もう、雛子がわがままを言っているだけですから。それこそ、お義兄さんたちが可愛がって、甘やかしてくれるから、調子に乗ったんです」

ただ、この二人のやり取りを見て、士郎は唖然とした。

（——え？）

自然と眉間に皺が寄る。

「だいたい、雛子のせいで、余所のお子さんたちにまで変な誤解をされて。禅くんにまで心配をかけてしまって——。ほら、雛子もこっちへ来て謝りなさい！　もともとはあなたが変なことを言い出すから、こんなことになっているのよ」

しかも、ここで雛子の母親が声を荒らげた。

聞きつけた雛子が、慌てて廊下を走ってくる。

「あ、ごめんなさ……」

すると、なんの疑問もなく謝ろうとした雛子にむけて、士郎は声を大にした。

「謝らなくていいよ、雛子ちゃん」

「――っ!!」

一瞬、狸塚家側の全員がビクリとした。

特に正座でジッとしていた禅など、大きく肩を振るわせる。

ただ、そんな士郎の両脇に座っていた颯太郎と双葉は、微動だにしなかった。

むしろ、だよな――と言わんばかりに、少し俯く程度だ。

士郎が、そろそろ慣れてきた左手で、眼鏡のブリッジをクイと上げる。

「な、何？」

ジッと睨み付けられた、香奈が怪訝そうに呟く。

それに答えるようにして、士郎が口火を切った。

「失礼ですけど、そもそも、こんなことになっているのは雛子ちゃんのせいではなく、きちんと子供の話を聞かなかった、お母さんのせいでしょう」

「なんですって！」

「僕、申し訳ないですが、お母さんが雛子ちゃんの言い分を伯父さんたちに伝えられないのって、お嫁さんの立場から気を遣っているのかなとか。こんなことを言って機嫌を損ねたら、ここに住めなくなるとか、嫁いびりが酷くなるとか、そういった事情もあるのかなって、考えてました」

　容赦なく、数日前から思っていたこと、考えていたことを叩きつけていく。

「――な!!」

　香奈は言葉より先に感情が出たのか、両手で長座卓をバン！　と叩いた。

　しかし、これでも士郎は、少しでも香奈を擁護（ようご）するために考えたことだ。

　雛子自身はさんざん愚痴っていたが、母親を嫌ってはいなかった。

　それなら、母親のほうに伯父たちに話ができない問題でも抱えているのだろうか？　そう考えれば、単純な話だが、こうした嫁姑問題がまずは頭に浮かぶ。

　もちろん、禅の母親に限って？　とは思った。

　それでも、外から見た他家の実情などわからない。

　こうなると、敷地内別居というのも、香奈が萎縮している原因の一つなのかもしれないし――などと、想定できることはすべて考えてしまったのだ。

「え!?　私たち、香奈ちゃんにそんな心配をさせていたの？　もしかしたら、私も知らないうちに嫁いびりしちゃってた!?　というか、そもそも家事を丸投げって、嫁いびりの何ものでもない？」

ただ、これには禅の母親が驚愕の声を上げた。

それはそうだろう。

ここへ来て自分に嫁いびりの疑惑がかかるなど、夫のロリコン疑惑以上に想定外だ。

「ないです！　そんなこと、ありません！　考えたことも、思ったこともありません!!　変なこと言わないで、ふざけないでよ士郎くん！　兎田さん!!　いったい、どういう躾をなさってるんですか！　それとも躾は、亡くなった奥様に丸投げだったんですか!?」

しかし、ここは香奈も全力で否定した。

だが、その結果。香奈は、更に言ってはいけないことを口にした。

士郎が多少はかけていたかもしれないリミッターを、一瞬にして解除させてしまう。

「それこそ、ふざけたこと言わないでください!!　父さんはいつだって、子供の話を聞いてくれます。駄目なことは駄目って叱ってくれるし、少なくとも雛子ちゃんのお母さんみたいに、自分の都合や思い込みだけで、子供を苦しめたりしません。ましてや、周りにいい顔だけをするなんてこともしません！」

「なんですって!!」

それでも香奈は声を荒らげ続けた。

長座卓をことある毎に叩きながら、上体を乗り出していく。

こうなると、完全に士郎との一騎打ちだ。

「だって、そうでしょう。おじさんたちに悪気や変な趣味がないのは充分わかりました。そして、それはお母さんもわかりきっているから、雛子ちゃんの言い分に耳を貸さなかった。ある意味、信頼しているからなんだと思います」

しかし、ここで士郎はいったん声を落とした。

狸塚家内の関係が良好なら、そこはもう問題ではない。

だが、それならそれで、ここまで拗れた原因は一つしかないのだ。

「けど、本当に困るのって、悪気もそういった概念もないから、気付いてくれない。もしかしたら、相手が嫌がっているかもしれないという想像や発想をしてくれないことでしょう？　これが俗に言われる無知（むち）の罪です」

士郎は香奈だけではなく、対面にいる大人たちに向けて、はっきりと告げた。

だが、さすがにこれは――と、颯太郎も肩をガクッと落とした。

あとで自分も揃って土下座（どげざ）だな――と、双葉や充功までもが思ったことは、今の士郎にはわからない。

「ただ、僕自身は、知らないことが、そこまで罪だとは思いません。どんな人にだって、無知な分野や思想はあるでしょうし。こういうのって年も性別も関係もないと考えているので」

士郎はその後も、自分が出した結論をはっきりとした口調で告げていった。

「でも、雛子ちゃんが〝嫌だ〟と主張してきたことに、耳を貸さなかったのは、明確な罪です。それどころか、訴えそのものを自身の中で削除しているって、罪以外の何ものでもないです。伯父さんたちへの配慮でも、気遣いでも、なんでもないですよ」

これに、香奈はわなわなと唇を震わせた。

「もちろん。せっかくのいい関係を、些細なことで壊したくなかった。ましてや、愛情表現を断るなんて、おばさんにとっては論外だったのかもしれません。けど、これだけ問題なく、仲良くできている家族なら、どうして雛子ちゃんの言い分をみんなで受け止めようと思わなかったんですか？　雛子ちゃんがお母さんにしか言っていないのだって、子供ながらに気を遣った。おじさんたちのことを考えたからだとは、思わなかったんですか？」

返す言葉がないというよりは、図星を指されていたのだろう。

一度グッと唇を噛み締めた。

「……」

座卓を叩いていた両手に、いつしか拳が握られる。

ただ、それを見た士郎は、更に声を落として香奈に問いかけた。

「雛子ちゃんのお母さん。頑張りすぎてませんか？　本当なら、もっと甘えて頼っていいはずの人たちに甘えずに、全部雛子ちゃんを頼って。甘えてませんか？」

「――!?」

問われた内容に、一番驚いていたのは、香奈自身だった。

だが、隣に座っていた禅の母親は、思うところがあったのか「あ」と小さく呟く。

「もちろん。一番愛して、信じて、不安がない相手。それが血を分けた自分の娘なんだってことは、想像ができます。けど、禅さんのお母さんやお父さんは、すでに雛子ちゃんのお母さんにいろんなことをまかせて、預けて、頼ってるじゃないですか」

次第に戸惑い、視線が泳ぎ始めた香奈に対して、士郎は見たまま、そして感じたままを告げていく。

すると、そんな士郎の言葉に同意を示すように、禅の母親が香奈の背中に手を回し、そっと撫でる。

「これだけもう、家族として心を開いてくれている相手なんですから、自分があれこれ背負いすぎて、疲れて、その結果余裕がなくなって。一番大事な雛子ちゃんに、きちんと向き合えなくなったら、哀しむのは雛子ちゃんだけじゃないですよ？　自分たちがそうさせてしまったって、今度は家族が悲しい思いをするんです」

まるで、「そうだよ」「士郎くんの言う通りだよ」と言うように、禅の母親の手が、幾度も幾度も香奈の背を撫でる。

それどころか、雛子の祖母まで側へ来て、香奈の背後から同じように、肩や背中を撫でている。

「——なので、お母さん自身がもっと周りに甘えてください。まずは、一人で何でもできるって思い込まないで、頼れるものには頼ってください」

士郎は、自分も少しだけ身体をずらして、自由な左手を膝の上へ置いた。

そして、改めて香奈たちに視線を合わせると、

「変なオチを付けるようで、申し訳ないですけど。まずは、お掃除ロボットを何台か置くだけでも、時間に余裕ができると思います。その分、自分を休めたり、雛子ちゃんにかかっている掃除の負担を減らしたりすることで、母子の楽しい時間、会話の時間も増えると思います。——どうか、検討してください」

その場で深々と頭を下げて、かえって周りを驚かせた。

ここまで言いたいことを言ってしまった自分にも、これはこれで罪だという自覚はあった。

その上、家の中の一部を見て歩いただけで、掃除道具を増やしてくださいと頼むのも、そうとう勝手違いな話であるとわかっている。

だが、雛子の愚痴から察すると、一番簡単にできそうなことが、物理的な補助を増やすだった。

おそらく、一家総出で仕事に出ているので、家事の分担は香奈自身が望んでいない。

それなら、多少の出費はあるかもしれないが、お掃除ロボットの導入が、一番手っ取り

早くて、気を遣わないと思ったのだ。

「香奈ちゃん。ロボット、買いましょう。本当、私たちが甘えすぎていたわ。普通に考えても、この家は真面目に掃除をしてたら、他に何にもできないもの。こんなの、私たちがもっと早くに気付いてあげるべきだった。最近、仕事で気が回らなくなっていたとはいえ、本当にごめんなさい」

すると、真っ先に声を上げたのは、雛子の祖母であり、香奈の姑だった。

それを聞くと、香奈が力いっぱい首を横に振る。

「いえ……。私は、好きでやってきました。ここではみんなが喜んでくれるし、褒めてくれる。死んだ実母は、なんでも私がやるのが当たり前。そのために産んだって言うような人でした。だから――、ここで、お義姉さんやお義母(かあ)さんが喜んでくれるのが、本当に嬉しくて。それで、一人で張り切って……」

思いがけないところで香奈の生い立ちが飛び出し、士郎は一瞬息を飲む。

知っていたら、別の言い方があったかもしれない。

だが、逆を言えば、香奈の過去を知らなかったからこそ、こうした話になったのは確かだ。

「でも、私……。いつの間にか、自分の母親と同じことを、雛子にしていた。娘なんだから、手伝って当然。やって当然って思ってしまって――。最近では、ちっとも褒めてあげなかったし。それどころか、こんなにみんなに可愛がられているのに、どうして進んでお手伝いができないの？　って。怒ることもまで増えていて」

香奈にとって、気付くきっかけにはなったのも――。

「そんなことないよ、ママ！　確かにお掃除は大変だけど、ママは雛子にありがとうって言ってくれてる。廊下の雑巾がけしたら、ホットケーキも焼いてくれる」

すると、呼ばれたところから、ずっと側で聞いていた雛子が、香奈の背後に駆け寄った。

隣にいた禅がスッと退き、場所を空ける。

そこへ入り込んで、ぎゅっと香奈の腕へしがみついていく。

「でも、お掃除ロボットがいたら、雛子も今より頑張れるかも。名前とか付けて、一緒に廊下とか拭いたら、遊んでるみたいで楽しいかも――って、ちょっと思う」

「買おう！　雛子。そんなの何台でも、伯父さんが買ってあげるよ！　本当、どうしてもっと早くに言ってくれないんだ。雛子～っっっ」

ただ、禅が抜けて雛子が隣へ来たところで、狸塚の溺愛ぶりが爆発した。

横からいきなり抱き付くと、舌の根も乾かないうちに、抱っこして、ぎゅうぎゅう抱き締める。

「だから、抱っこのお尻ポンポンは、もういいって言ってるのに～っ」

「こら！　やめろって親父!!」

雛子はそこまで抵抗はしていなかったが、これだから困るのよとでも言いたげだ。

しかも、騒ぎの発端はあんただろう――と言わんばかりに、禅が父親の腕を引き剥がす。

「……狸塚さんが、どうも自分と被って、仕方がないな」

ただ、完全に抱き癖がついて、しばらくはまだ続きそうな狸塚のおかげで、場が和(なご)んだのはよかったが。

これを目の当たりにした颯太郎が、ちょっと引き気味に苦笑した。

「多分。これうちは、全員ヤバい気がするから、今から気をつけないとね」

双葉もまったく同じことを思ったようで、これには士郎も含めて、失笑することになった。

8

慌ただしい日が続いたが、過ぎた時間は確実に士郎の怪我を治癒（ちゆ）していった。

全治一週間の目処通り、土曜にはゆっくりだが普通に歩けそうだし、日曜日には三角巾で右手を吊る必要もなさそうだ。

それでも月曜日の午前中には、病院で経過確認をしてもらうことになっており、完治の御墨付きをもらうのは、そのときになる。

また、児童館でのオフライン士郎塾は来週の木曜まで予定しているので、今しばらくはやることがいっぱいだ。

しかも、その後には「士郎〜っ。俺たちのこと、忘れてないよな？」というメールを欠かさずよこす晴真や優音の「構って！」も控えているので、士郎の周辺が静かになることは、まだまだなさそうだ。

「バウバウ！」

「カー」

「みゃんっ」

「オオーン」

何より、エリザベスや裏山の野生動物や野良たちもいる。

当然、氏神参りもあるので、あれよあれよという間に夏休みそのものが過ぎそうだ。

（まあ、それでも包帯が取れて、手足が自由に動くだけでも、有り難いか）

士郎は机に向かって専用のノートパソコンを開くと、控えたスケジュールやタスクを見ながらフッと微笑んだ。

そんな後ろ姿をキラキラとした目で見つめる弟たち三人は、どこの誰より士郎の完治を待っていた。


翌日の土曜日には、智也が母親と共に謝罪をしにやってきた。

「昨日は智也がご迷惑をおかけして、すみませんでした。本当は夫婦揃ってお詫びに伺う予定だったのですが、主人のほうがどうしても仕事が休めなくて」

玄関先での簡単なやり取りだったが、今日は父親のほうが仕事だった。

夫婦が揃っては叶わなかったようだが、こればかりは仕方がない。智也からすれば、多忙な母親がこうして一緒に回ってくれるだけで、どこか嬉しそうに見えた。

また、配信されていた夫婦喧嘩自体は衝撃的な内容だったが、実際の本人たちを見れば、そこまで危うい夫婦には見えない。

士郎は、気持ちのどこかで、

(夫婦喧嘩は犬も食わないって言うしな)

――などと思った。

「いえ、家は息子さんの勘違いで、名前が出た程度ですので。それに、昨日狸塚さんのところでお会いしたときに、ご主人様からも謝罪をいただきましたので、どうかお気になさらずに」

「――申し訳ありません。ありがとうございます」

謝罪の対応には、颯太郎と士郎が出た。

「迷惑をかけて、すみませんでした。ごめんなさい」

「何かあってからでは遅いからね。次からは誤解がないように、前もって確認してね」

「はい」

改めて頭を下げてきた智也の声も、昨日に比べて張りがあった。

帰宅後は両親に改めて叱られたかもしれないが、それでもここ最近見た中では、一番スッキリとした表情をしている。

「士郎くん。ごめんなさいね。智也も反省しているから、どうかこれまで通りのように、お願いね」

「はい。それは大丈夫です」

士郎は、これなら――と思い、視線を智也へ向けた。

「ところで智也くん。明日、みんなで沢田さんのところで、野良狸を待つことになってるんだけど、一緒にどお？　確か前に、沢田さんの家のお祖母(ばあ)ちゃんに動画を撮りたいって話をしたでしょう？」

樹季たちのいう、明日のぽんぽこピクニックに智也を誘うかどうかは、沢田から士郎に任されている。

それは、祖母も沢田も同意だったので、士郎は誘う直前まで考えていた。

「え？　どうしてそれを」

「沢田さんのお孫さんと充功が友達なんだよ。児童館で声をかけたときにも、実は側に居てね。それで、前に智也くんが尋ねてきたのを覚えていたから、お祖母ちゃんに話をしたら、是非一緒にどうぞって」

「それって、俺まで行っていいの？」

すると、見る間に智也の顔が明るくなった。

まさか、昨日の今日でこんな誘いを受けると思わなかったのだろうが、野良狸にはまだまだ未練があったようだ。

「智也くんがよければね。これって、沢田さんからの誘いだから」

「行きたい！　撮りたい!!」

きっと夫婦喧嘩を盗撮していたときには、こんな顔はしていなかったはずだ。

本当に楽しんで撮りたいのは、こうした動物たちのほうのはず。

事実は智也のみが知ることだが、それでも士郎はそう考えることにした。

「なら、明日の十一時に沢田さん家の前で合流ね。あ、でも。狸が下りてくる保証はないから、来なくてもがっかりしないでね」

「わかった。ありがとう」

未だ気かがりはあるものの、それはいずれ智也のほうから解消してくれる。

きっと、そう遠くない日に――、そう信じて。

＊＊＊

こうして迎えた、日曜日。

本日は昼前から沢田家にて、ぽんぽこピクニック。

「しっちゃ！　てって」

「うん！　治った治った！　しろちゃん、元通り！」

「よかったね。士郎くん」

「ありがとう」

　怪我をしてから、あっと言う間の一週間。士郎は、煩わしい鈍痛と大げさに捲かれた包帯から、ようやく解放された。

　それでも一応、湿布だけは残している。

　開放感が過ぎて、何かの拍子にぶつけでもしたらいけないから——と、ここは用心の目印も込めて、寧が「明日の通院まではね」、としたのだ。

　これには士郎に素直に従う。

　そうして、約束の十一時。

「バウバウ！」

「おはようございます」

「わしらまで、すまんの～」

「じーじー、ばーばー、おっは～っ」

　士郎たちは、隣家の老夫婦やエリザベスと一緒に、希望ヶ丘旧町にある沢田家へ向かった。

　十人乗りのワゴン車には、早朝から準備されたお弁当も積まれて完璧だ。

　しかも、ランチやバーベキューなどの用意が沢田の家でもされていたので、これらを庭先に出したパラソル付の六人掛けテーブルチェアー四台に並べていくと、もはやピクニックというよりはホームパーティーだ。

食べ盛りの充功たちが多少頑張ったところで、デザートまで含めたら晩ご飯まですませられそうな量だった。

ただ、こうなると、本来の目的である「山から供物目当てに下りてくる野良狸を見よう」計画は、大破に等しい。

（そもそも狸は夜行性だった気が――）

士郎の脳裏にはそんな当然のことがよぎったし、何より狸見たさに樹季たちが頑張った。

「ぽんぽこさーん」

「出ておいでーっ」

「ぽんちゃ〜っ」

裏庭に設置されていた古い祠から先の雑木林に向かって、大合唱したのだ。

野生の狸もエリザベスも同じ扱いだ。

「いや、絶対に出てこねぇよ」

「これで出てきたら、もう野生じゃないよな」

これには充功と双葉が、頭を抱えてしゃがみ込んだ。

（童よ。さすがにこれは、地狸たちも登場を躊躇うぞ。大勢のギャラリーがいるくらいなら、知らん顔してチョロッと顔を出すくらいはできるが、呼ばれて行ったら変じゃろう）

しかも、どこからともなく届く念。

士郎は思わず周りを見渡し、智也から「どうした!?」と心配される。

（え!?　クマさん！　来てるんですか？）

（氏神は守護地であれば、どこにでも出没する。あ、いっそまたクマの姿を借りて、狸の代わりに――）

（それはもっと無理！　あとでたくさん供物を差し上げますから、今日は大人しく見学しててください）

（つまらんの～っ）

それでも、人が集まったところで、ぽんぽこ抜きピクニックは始まり、樹季や武蔵、七生は大はしゃぎ。

ちびっ子たちが、現れない狸の代わりに、狸囃子の歌と踊りを披露すれば、沢田両親から爺婆世代まで、これまた大はしゃぎだ。

まるで当家だけが先走った夏祭り状態で、ご近所界隈からも手土産持参で参加者が増えるほどだ。

この辺りは、三代、四代がざらに続く旧町ならではだ。

「士郎、ちょっと来て」

ただ、テーブルチェアーから縁側までが老若男女で埋まった頃だった。

智也が声をかけてくると、士郎は人気のない祠前まで誘導された。

「実は、これ――」

そう言った智也が羽織っていた薄手のパーカーのポケットから取り出したのは、スマートフォン。その場で画面を操作すると、以前見せてもらったことのあるドライブ画面を出した。

中には昨日付けのファイルに録画データが入っている。

「やっぱり、残ってたんだ。雛子ちゃんのところで撮ったデータ」

士郎は、特に驚かなかった。

むしろ、それに対して智也が驚く。

「気付いてたのか？　いや、疑っていたんだよな――、俺が言ったこと」

少し俯き、自嘲気味に言う。

それでも士郎は顔色一つ、態度一つ変えることなく話を続けた。

「そう取られても仕方がないかな。でも、僕は智也くんから言われたことを、そのまま受け止めただけだから」

「俺から？」

「――撮ったデータを削除させられた。智也くんは、誰かに削除されたとも、全部削除させられたとも言ってなかったから。もしかしたら、まだ残ってるから、そういう言い方をしたのかな？　とは、考えた」

　そうして、昨日のやり取りを説明する。

　おそらく智也からすれば、そんなつもりはまったくなく、無意識に放った言葉だ。

　しかし、士郎は自分の記憶にある智也の話し方やコメントの書き方。何より、多少なりとも交わした会話そのものから、こうした判断をした。

　智也は自分が発する言葉にかなり正直だ。

　意図した嘘が言えないから、事実しか口にしない。

　意識して誤魔化そうとするときほど、必要最低限のことしか言わなくなるのだ。

「俺、自白してたのか。全然、気がつかなかった」

　智也が茫然と呟く。

「僕が揚げ足取りなだけだけどね」

「でも、それならどうして、あの場でそのことを？」

　しかし、こうなると、知っていながらとった士郎の判断のほうが気になったのだろう。

　智也が手にしたスマートフォンを握り締める。

「それは、智也くんが僕に協力しようとして、撮ってくれたって言ったから。きっと、雛子ちゃんを助けたいんだなって思って。それなら、あの場で言う必要もないかなって、それだけ。それに、智也くんはこうして自分からデータを見せてくれたわけだしさ」

改めて聞かれたので、ここは士郎も正直に答えた。

「嘘をついた俺を庇ってくれたってことか」

「そう思ってくれたら嬉しいけど。実際はそれどころじゃなかったでしょう。雰囲気的に。だから、あれはその場の流れ」

「そっか……」

智也はまさに一喜一憂していた。

こうしたときの士郎は、敵にもならない代わりに味方にもならない。

ただ、自分の判断で、いいと思った言動を貫く。

こうした姿勢は、ずっと変わらない。

それは誰もが知るところで、だからこそ士郎はどんなときも平等だ。

一方的に誰かの言い分を鵜呑みにして、誰かを責めることもない。

それこそ香奈を責めたときのように、誰かを責めるときは、自身の判断であり自己責任だ。決して、自身の行いを誰かのせいにはしない。

だからだろうか？

「――ごめん。俺、せっかく撮ったのに。雛子と息子の証言をしっかり押さえたのに、誰が消すかよって考えてた。士郎のときみたいに、自動転送も疑われなかったし。しめしめ、チョロいなって……」

智也は今一度、頭を下げて謝った。

昨日、一人で抱いていただろう、本心を明かしてきた。

だが、これは智也にとって重荷だった。このまま一人では抱えきれないと感じたからこそ、士郎に明かしてきたのだろう。

「けど、なんか。士郎には、俺のこういう狡(ずる)いところまで、全部バレてそうな気がして。もしかしたら、自首するかどうか、試されてるのかなまで、考えちゃって。だから、わざと自分では消さずに、そのまま持ってきたんだ。前みたいに、士郎の目の前で消したほうが、この先疑われなくてすむかなって気がして」

しかし、これはこれで、士郎も苦笑しそうになった。

普段特に親しくしているわけでもない相手からの印象は、こういう感じなのだろうが、なかなかシビアだ。

「そうなんだ。なんか、僕ってよっぽどしつこいと思われてるんだね」

「しつこいだけなら、自白しないよ。士郎はさ。――あ、僕が忠告したのに、知らん顔なんだ。だったら、こんな奴もういいかって、なかったことにするだろう」

当たっているだけに、否定はできないが、それにしてもけっこうな言われようだ。

「――いじめたり、無視したり、そういうことはしない。でも、あーあ、心配したのに無駄だった。でも、しょうがないか――っていう。もう、どうでもいいかって奴の括(くく)りに、放り込むだろう」

それでも智也は智也なりに、士郎を観察してきたのだろう。

こういうところは、大地とよく似ていた。

もともと一人でいることが多くても、そうした時間を苦にしない。

むしろ、周りを観察する時間として堪能できる、一人で楽しめるところなどは、似ているのかもしれない。

強いて言うなら、士郎もそうだ。

「俺は、それに気付かないほど、馬鹿じゃない。士郎ほど賢くないけど、士郎の一番怖いところが、空気相手でも笑って普通に話しかけるところだってことは、知ってる。だって、人の嫌がることはやめなよって注意して、やめなかったやつは、みんな空気にされてる。それも本人が空気にされていることに気付かないくらい、すごい空気に」

とはいえ、ここまではっきり言われると、士郎もいささか抵抗したくなる。

「なんか、それって僕がすっごく冷たい、酷い子だって言ってる？」

そう聞きながらも、笑ってしまう。

「俺は、自分が空気になりたくないって言ってるだけだよ」

智也も、士郎に釣られたようにフッと笑った。

普段から喜怒哀楽はあまり出さないほうだが、今はなんだか楽しそうだ。

「別に、大地や星夜みたいに、いきなり仲良くしたいとか思ってない。士郎は同級生っていうだけでも、ちゃんと名前を覚えて、普通に接してくれる。無視したり、いじめたり、悪口を言ったりしないから」

　智也は手にしたスマートフォンを握り直しながら、自分にとっての学校という存在についても口にした。

「それで俺は充分嬉しいし、安心して学校に行けることがすごく幸せ。でも、だからこそ、士郎とは普通の同級生でいたいんだ」

　家庭が荒れれば、子供の逃げ場は学校になる。

　その逆もしかりで、学校が荒れれば、心の拠り所は家になる。

　だが、そのどちらにもなんら不自由のない子供がいれば、どこにも自分の居場所が見出せない子供もいる。

　少なくとも、一度でも居場所が見出せなくなった子供は、その場に安心していられることが、どれだけ幸せなことなのかを理屈抜きに知る。

　当たり前のようで、当たり前ではないことに気づけることは、士郎にとっては大切なことだし、人生を豊かにすることだと思う。

　大なり小なり、自身が覚えた痛みと引き換えに得るものだから。

「これでも、俺。忘れてないんだ。小二で同じクラスになったときに、士郎が俺を庇ってくれたこと。ちゃんと苗字を呼んでくれたこと」

そういう意味では、智也もなんらかの痛みと引き換えに、こうした価値観を得たのだろう。

家族の中で、学校の中で――。

「一年のときは、ずっと〝きゅう〟って呼ばれて、嫌だった。やめてって言えば言うほど面白がられて、本当に嫌だった。でも、そしたら士郎がさ……」

そうして智也は、自身の胸に残る話を教えてくれた。


〝九ってなんだ？　九って！〟

〝きゅうりのきゅう⁉〟

〝違うよ！　これはきゅうじゃなくて、いちじくだよ〟

〝嘘だ！　九は九だろう。あとはここのつ？　でも、普通は九だろう！〟

人が思い、感じる「嫌」は多種多様だ。

多くの人が共通して「嫌」と感じることもあれば、自分だけが「嫌」と感じることもある。

だが、だからこそ相手の「嫌」を知り、そこに触れないようにすることは重要だ。

人が嫌がることはやめましょう――という、幼稚園児でも知っているようなことだ。

〝そんなことないよ〟

〝士郎！〟

〝苗字とか名前って、国語で習う読み方とは違うのもたくさんあるんだよ。だから、智也くんの苗字は、いちじくでいいんだよ。先生だって、そう呼んでたでしょう〟

しかし、中には人の嫌がることを見つけては、攻撃する者が現れる。

なぜか、それが面白いことで、まるで自分が強くなったような錯覚にでも陥るのだろう。

たんに自分の性格が悪い、意地が悪いだけだと知ることもなく。

悪気もなければ、深く考えることもしないから、気づけないのだ。

〝えー。でも、読めないよ～〟

〝九は九じゃん〟

〝そしたら、今覚えようよ。みんなが読めないって言うのを読めるって、カッコいいじゃない。きっと他のクラスの子は読めないよ。僕らは智也くんと一緒のクラスになったから、読めるようになるんだ。これって、すごくない？〟

それもあり、士郎はこうした場面に出くわすと、必ずその場で止めに入った。

だからといって、いきなり「人が嫌なことをするのは、いじめだ」「こんなことで面白がれるって性格悪いよ」などと言って、責めることはしなかった。

子供の思考力、理解力は個々に違う。

ましてや、こうしたときの言い方一つで、からかわれたり、いじめられたりする子が瞬時に変わってしまうのも、校内ではよくあることだからだ。

〝――え？　そういうもん？〟

〝そうしたら、よそのクラスの奴が間違えたら、九じゃないよ、いちじくだよって、士郎みたいに言えちゃうってこと？〟

〝え、それってカッコよくない？〟

〝なんか、頭良さそう〟

〝そしたら、智也。間違えて呼ばれたら、俺たちのこと呼べよ！　それは違うって言ってやるから！〟

〝いいね、いいね！　今の士郎みたいに、ババンと出て言って、違うよって言うの。なんか、カッコいい！〟

　そうしてこのときは、士郎の言葉巧（たく）みな誘導で、丸く治まった。

〝……〟

　智也は相手の掌返しに、一瞬驚いていたが、それでもすぐにホッとしていた。

〝よかったね。これで次に間違われても、クラスの子たちが、代わりに説明してくれるよ。いちじくともやくんだよ――って〟

〝うん。ありがとう〟

　それ以来、智也が「きゅう」呼びされてからかわれることはなくなった。

　わざわざ「これはいちじくって読むんで――」と、自慢げに解説する子は現れたが、そこは笑い話になっただけだ。

——それ、士郎に教わったんじゃん!!　と。

「まあ、士郎は忘れてるだろう。というより、覚えてもいなかっただろうけどさ」

智也はそう言って笑うと、

「だから、士郎の空気にはなりたくないと思って。それだけ」

最初の話に戻した。

特別親しくなくても構わないが、存在を無にはされたくない。

とりあえず、同級生という括りの中で頭数には入っていたい。

これはこれでわかりやすいし、とても正直だが、智也は自分が士郎に求めた関係を維持するために、目の前で昨日のデータをファイルごと消した。

確認して——と、画面も見せてきて、最後はゴミ箱の中まで開いて、完全に消去したことを示してみせる。

「——そう。わかった。なんにしても、動画を削除してくれてありがとう」

一緒に消されたゴミ箱の中には、〝ｋｅｎｋａ（ケンカ）〟のファイルもチラリと見えた。

やはり、昨夜のうち、家族でいろいろと話し合ったのかもしれない。

仮に、そうでなくとも、智也の中であれを残しておく必要や、理由がなくなったのだろう。すべてを消して、それでもどこか照れくさそうに笑っているなら、よかったな——と思うだけだ。

「あとは、僕も智也くんを空気にすることはしないって約束するから、これから動画を撮るなら堂々撮影にして。同級生が、それもクラスメイトが警察沙汰とか、本当に嫌だから。知ってて止められなかったっていう後悔を、僕もしたくないんだよ」

ただ、こうして素直な気持ちをぶつけられたからこそ、士郎も同じようにぶつけ返した。

君のために、君を思って——なんてことは言わない。

これはあくまでも、士郎自身が嫌だし、勘弁して欲しいからやめてと言ったのだ。

「——わかった。これからは、堂々と撮るよ」

それでも智也は笑っていた。

むしろ、士郎の口から同級生でありクラスメイトなんだからと聞けたことが、嬉しいようだった。

「よろしく。あ、そろそろご飯を食べに戻らないとね」

「——うん」

そうして士郎と智也は、裏庭から回ってピクニック会場となっている庭へ戻った。

「しろちゃん、どこいってたの！」

「智也くんも、こっちこっち！」

テーブルチェアーがあるにも拘わらず、樹季と武蔵、七生の三人は縁側に座って、おにぎりやサンドイッチを頬張っている。

お世話をしてくれていたのは、沢田の祖母とお隣のおばあちゃんで、その横には最強の子守犬・エリザベスも控えている。

きゃっきゃふふふのバウンで、ほのぼのなんてものではない。

「ありがとう」

ただ、士郎が用意された縁側の座布団へ腰を下ろすと、隣にちょこんと座っていた七生が、新たに手にしたサンドイッチを口元へ突きつけてきた。

「しっちゃ、あーん」

「ありがとう、七生。でも、もう治ったから大丈夫だよ」

「あーんのっ!!」

「……」

かなり強制的に口を開けろと求めてくる。

こんなことなら、湿布もやめればよかったか？　と思うが、七生の顔を見ていると、そういうことではなさそうだ。

「七生はどうしても、士郎くんのお手伝いがしたいんだよ」

「しろちゃんのことが大好きだから、助けたいんだよ」

なぜなら、それは自分たちも同じだよ！　と、樹季や武蔵まで目で訴えてくる。

ここでも士郎は、瞬時に背後と左右の三方を囲まれている。

だが、ここは他人様の家だ。

士郎は世間体を大事にする十歳児だ。

「……わかった。ありがとう」

これ以上、抵抗することもなく、七生のあーんに従った。

すると、武蔵や樹季まで唐揚げや麦茶を手にして、もはやハーレム状態だ。

「へー。すごいな」

――と、何を思ったか、智也がいきなりスマートフォンで士郎たちを撮り始めた。

「いや、待って。こんなところ、撮らないでよ。智也くん！」

「だって、堂々撮影ならいいんだろう。弟たちに、あーんされてる士郎の動画なら、きっとみんな観たいだろうし、喜ぶだろうからさ！」

これに気付いた充功が、バーベキュー中のテーブルから「あとで俺にも送って」と叫ぶ。

「ちょっ！　そんなの家族公認になっちゃ――んぐっ!!」

冗談じゃないと叫びかけた士郎の口には、七生から更に追加分が突っ込まれた。

口の中にまだ野菜サンドが残っていたのに、なぜかおばあちゃんたちが食べていたのだろう、あんころ餅を「あーん」されて、そうとう微妙だ。

「うんまよ～っ」

（いや、お世辞にも美味くないって！　口内でマヨの酸味と餡子の甘みが大喧嘩してるから！）

　自然と表情が歪んでくる。

　だが、これが智也には大受けした。

「すげーっ！　大傑作!!」

　最近一番の大はしゃぎだ。

　これなら智也の配信内容も、自然と元へ戻っていきそうだ。

　それこそスタート時の平和でのどかな、ほのぼのとしたものへ――。

（こんなことになるなら、ししゃも充功を好きなだけ撮らしておけばよかった）

「七生ばっかり、ずるい！　しろちゃん。俺のからあげも、あーんして」

「それより今は、お茶だよね。はい！　士郎くん」

　ただ、せっかく怪我も癒えたというのに、士郎への過保護生活は、まだ終わりそうになかった。

「くぉ～ん」

　エリザベスからまで同情の目を向けられつつも、今しばらく弟たちにお世話――おもちゃに――される生活は、続きそうだった。

コスミック文庫 α

大家族四男9

兎田士郎のいたいけな全治一週間

【著者】 日向唯稀／兎田颯太郎

【発行人】 杉原葉子

【発行】 株式会社コスミック出版
〒154-0002 東京都世田谷区下馬 6-15-4

【お問い合わせ】 一営業部一 TEL 03(5432)7084 FAX 03(5432)7088
一編集部一 TEL 03(5432)7086 FAX 03(5432)7090

【ホームページ】 http://www.cosmicpub.com/

【振替口座】 00110-8-611382

【印刷／製本】 中央精版印刷株式会社

ISBN978-4-7747-6284-5 C0193